Ebeling Okt.'11

ullstein

Das Buch

»In unserer Beziehung ist Sonja der *Mover and Shaker*. Ich hingegen *shakte* in letzter Zeit nur mein bestes Teil, weil meine Spermien nicht *movten* …« Als Felix Wegener beim Urologen herausfindet, dass er eine Zeugungsschwäche hat, ist in seinem Leben nichts mehr, wie es war: Er geht alle möglichen Ursachen für sein Leiden durch (War es wirklich gut, als einer der Ersten ein Handy zu haben?), er quält sich durch Therapien, von denen er vorher nie gehört hat (Zink! Fleisch!), und er hat Sex nach Stoppuhr und exakt berechnetem Zeitpunkt (gleich nach dem EM-Spiel Deutschland gegen diue Türkei). *Nichtschwimmer* ist die Geschichte eines nicht ganz perfekten Mannes – überraschend, provokant und wunderbar witzig.

Der Autor

Felix Wegener, 1974 in einer saarländischen Kleinstadt geboren, lebt mit seiner Familie, die noch nicht so groß ist wie gewünscht, in der Nähe von Bochum und arbeitet als PR-Referent. Sein größter Traum ist es, als Pressesprecher des VfL Bochum die erste deutsche Meisterschaft zu feiern. Er fragt sich seit vielen Jahren, warum es in Deutschland zwar zweiwöchentlich eine *Brigitte* gibt, aber keinen *Volker*.

FELIX WEGENER

NICHT SCHWIMMER

Roman

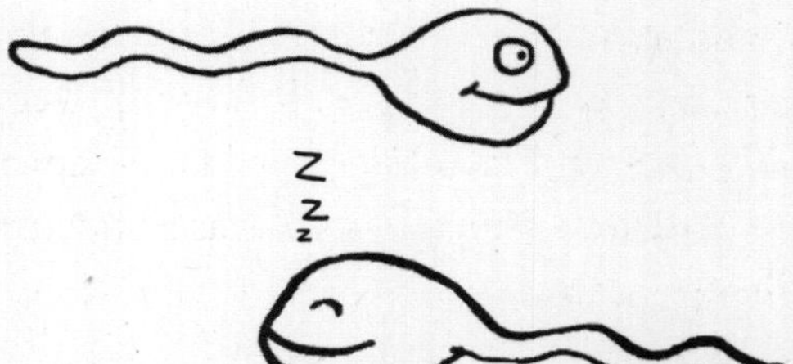

Ullstein

Besuchen Sie uns im Internet:
www.ullstein-taschenbuch.de

Originalausgabe im Ullstein Taschenbuch
1. Auflage September 2011

Umschlaggestaltung: semper smile, München
Titelillustration: Agentur dieKLEINERT.de/Stockartwork
Satz: KompetenzCenter, Mönchengladbach
Gesetzt aus der Berkeley
Papier: Pamo Super von Arctic Paper Mochenwangen GmbH
Druck und Bindearbeiten: CPI – Ebner und Spiegel, Ulm
Printed in Germany
ISBN: 978-3-548-28365-4

Nach einer wahren Geschichte

Prolog

Ich hatte mir nie Gedanken darüber gemacht, dass meine Spermien nicht in Ordnung sein könnten. Und jetzt stand ich vor dieser Praxis in Ehrenfeld, einer besseren Gegend von Bochum. Ich war pünktlich. Ich hatte schlecht geschlafen vor lauter Nervosität und war früh aus dem Bett gesprungen. Ich hatte sorgfältiger als sonst geduscht und dabei darauf geachtet, dass die Wassertemperatur lauwarm und nicht heiß war. Soll besser sein. Sonja, seit drei Jahren meine Freundin, hatte mich zum Abschied in den Arm genommen und mir viel Glück gewünscht, als wäre ich unterwegs zu einem Vorstellungsgespräch. Jetzt stand ich also vor der Tür eines dieser Ärztehäuser, neben dessen Eingang zahlreiche Schilder darauf aufmerksam machten, dass es heutzutage für jedes Organ Spezialisten gibt.

Ich hätte jeden anderen Arzt in dem Haus lieber genommen, doch ich musste zum Urologen. Kurz überlegte ich, ob ich einfach zur Arbeit weiterfahren sollte, wollte dann aber nicht feige sein. Ich klingelte tapfer. Um erst dann zu merken, dass die Tür offen war.

Ich betrat unbekanntes Terrain und wurde von der Arzthelferin ins Wartezimmer geschickt. Dort räusperte ich mich und versuchte es auf die überfreundliche Tour: »Guten Tag, die Herren!« Ich kann eigentlich sehr, sehr freundlich »Guten Tag« sagen. Ich arbeite als PR-Referent der Stadt Bochum, da muss ich dauernd freundlich sein. Ich hatte gehofft, dass vielleicht ein oder zwei Männer zurückgrüßen würden. Wenn es super gelaufen wäre, hätten die Wartenden meine Anrede »die Herren« als zarte Ironie verstanden und mit einem Grinsen beschenkt. Aber es grüßte und grinste niemand, alles, was ich vernahm, war ein Grummeln. Ein dumpfes Männergrummeln, das man von Busfahrern kennt, die einem sagen wollen: »Sie Idiot, haben Sie das nicht passend?«

Vielleicht, dachte ich mir, als ich neben den Grummlern Platz genommen hatte, sind ja Männer mit Problemen im Genitalbereich generell nicht zu Späßen aufgelegt. Vielleicht, dachte ich, hat aber auch nur derjenige Genitalsorgen, der ohnehin kein fröhlicher Charakter ist. Ich selbst würde nicht in ihren Club gehören, da war ich sicher. Die hier Versammelten hatten ein Problem, ich nicht.

Plötzlich konnte ich die Abweisung der Herren im Wartezimmer verstehen. Sicher sagte ihnen ihr Instinkt: Der kommt hier überfreundlich grüßend reinspaziert, bevor er sich eine Urkunde für seine 1-a-Spermien geben lässt, und lässt sich dann nie mehr blicken, während wir hier weiter rumgrummeln müssen. Fast hätte ich Mitleid mit ihnen entwickelt.

Ich blätterte ein bisschen in *Auto, Motor und Sport*, das ich zu meiner Freude auf dem Zeitschriftentisch entdeckte. Ich konnte schon als Dreijähriger Mitsubishi fehlerfrei aussprechen. Das Heft war topaktuell, wie auch die *Auto Bild*, die ein Mitpatient las. Offenbar achtet man in einer urologischen Praxis auf frische Ware. Ich las erst etwas bemüht konzentriert, bis ich mich schließlich tatsächlich für einen Artikel begeistern konnte, der das T- und das R-Modell von Mercedes miteinander verglich. Beides Familienautos mit schön viel Platz, und ich wusste damals noch nicht, was ich mir mehr wünschte: die Familie oder das passende Auto dazu. Ich studierte gerade das Ladevolumen und den Verbrauch, als mich der Ruf der Arzthelferin aus meinen Gedanken weckte.

Während sie die Angaben zur Person in ihren Computer tippte, fragte sie beiläufig: »Waren Sie denn in den letzten drei Tagen abstinent?«

»Ich trinke schon lange keinen Alkohol mehr.« Wenn ich nervös bin, werden meine Witze selten besser.

Sie lachte auch nicht, sondern sagte: »Ich meine, ob Sie in den letzten drei Tagen auf Sex oder Selbstbefriedigung verzichtet haben.«

»Ach so!«, ich tat, als verstünde ich erst jetzt. »Ja, das auch. Ich habe nicht mal an Sex gedacht.«

»Krankenkassenkarte!«, kommandierte sie. Offenbar hatte sie Späße dieser Art schon zu oft gehört.

Nachdem meine Daten erfolgreich in die praxisinterne Datenbank übertragen worden waren, schrieb die Frau meinen Namen und mein Geburtsdatum auf einen Aufkleber und platzierte ihn auf einem durchsichtigen Becher in der Größe eines Whiskyglases. Der Becher hatte einen roten Deckel, er sah nach Tupperware aus. Die Gebrauchsanweisung bekam ich mündlich: »Geben Sie bitte Ihre Spermaprobe darin ab. Verschließen Sie den Becher anschließend sorgfältig und stellen Sie ihn hier auf den Tresen.«

Den Gang entlang, links um die Ecke, durch die Glastür, erste Holztür rechts, dort fände ich einen Ort, an dem ich es mir gemütlich machen sollte. Ich ging los und fand einen Raum, der aussah wie eine ganz normale Herrentoilette: Waschbecken, Pissoir, ein Räumchen mit Klo. Das hatte ich mir irgendwie anders vorgestellt. Anregender. Nirgendwo war ein Sofa oder wenigstens ein Stuhl.

Also ging ich in das Räumchen mit Klo, schloss ab, setzte mich und holte mir zum ersten Mal in meinem Leben aus medizinischen Gründen einen runter – und saß dabei auf einem geschlossenen Klodeckel.

Als ich mit dem Becher in der Hand zurückging, fiel mir auf, dass die Tür vom Nebenzimmer offen war. Durch den Spalt sah ich, dass darin ein Ledersessel stand, daneben lagen Pornohefte bereit. Ich hatte mich in der Tür geirrt. »Na ja, macht nichts«, sagte ich zu mir selbst, »muss hier ja eh nicht mehr rein.«

Die Testergebnisse würde ich erst beim nächsten Besuch bekommen, aber heute sollte ich mich noch vom »Herrn Doktor« untersuchen lassen.

Bis es so weit war, musste ich erneut im Wartezimmer Platz nehmen. Ein älterer Herr hatte sich meine *Auto, Motor und Sport* geschnappt. Aus Not las ich jetzt *GQ*, was meine Laune nicht besserte, so wohlproportioniert und überpotent sahen die Männer darin aus. Warum gibt es in Deutschland eine *Brigitte* für Frauen, aber keinen *Volker* für Männer, fragte ich mich gerade, als ich abermals aufgerufen wurde.

»Der Herr Doktor« war ein freundlicher Mann mit rahmenloser Brille, Typ Jungminister. Er saß hinter seinem Schreibtisch und studierte meine Karteikarte.

»Sie haben also einen unerfüllten Kinderwunsch?«, fragte er ohne Umschweife.

»So weit würde ich nicht gehen«, hörte ich mich antworten. »Meine Freundin hat vor ein paar Monaten die Pille abgesetzt, und trotzdem ist noch nichts passiert in Sachen Schwangerschaft.« (Offenbar wollte ich ihr die Schuld geben.) »Wir probieren es also nicht schon seit Jahren.« (Ich wollte verharmlosen.) »Es ist mehr eine Vorsichtsmaßnahme als eine akute Notwendigkeit.« (Ich laberte herum.)

Der Arzt lächelte. »Okay. Wenn Sie nun bitte die Hosen herunterlassen würden?«

Während ich seinem Wunsch nachkam, versuchte ich, noch breiter zu lächeln als er. »Ich werde jetzt Ihre Hoden abtasten«, erklärte er mir unterdessen. »So sehen wir schon mal, ob sie grundsätzlich funktionstüchtig sind.« Schon im nächsten Moment lag ich auf der Liege und bemühte mich, an nichts zu denken.

Der Arzt streifte sich Latex-Handschuhe über und warnte mich: »Am Anfang fühlt es sich etwas kalt an. Nicht erschrecken.«

Ich war viel zu verkrampft, um mich erschrecken zu können. Ich hielt erst einmal die Luft an. Während der Urologe an meinen Hoden herumknetete, ermahnte er mich, weiterzuatmen.

Abwechselnd wog er die beiden in seiner Hand, drückte hier und dort und schaute dabei ein bisschen entrückt an die Zimmerdecke.

»Einen schönen Hoden haben Sie da«, sagte er.

Ich dachte, wie recht er doch hat. Endlich sagt es mal einer.

Der Kick

Soweit ich das überblicken kann, ist die Emanzipation der Frau schon ziemlich weit fortgeschritten, zumindest im Privaten. In den Beziehungen, die ich kenne, treffen die wichtigen Paarentscheidungen die Frauen. Ganz früher war es so: Der Mann entschied alles. Vor nicht allzu langer Zeit war es so: Der Mann entschied nur noch, welches Auto angeschafft wird. Heute ist es so: Selbst über das Auto bestimmt die Frau. Er darf vielleicht noch die Reifen aussuchen.

Ein guter Freund von mir will seit Jahren nach Island fahren. Ein anderer hätte gerne einen Beamer statt eines Fernsehers. Ich selbst würde gern einen Fahrradanhänger für dreihundert Euro kaufen. War der erste Freund in Island? Nein. Hat der andere einen Beamer? Nein. Habe ich einen Fahrradanhänger? Eben.

Es läuft alles sehr in eine Richtung, finde ich. Ich weiß, die Männer stellen noch immer die meisten Vorstandsvorsitzenden und das alles. Aber zu Hause sagen die Männer, die ich kenne: Schatz, du siehst toll aus (sie würden nie wagen, etwas Halbkritisches über die Kleidung ihrer Frauen zu murmeln). Die Frauen hingegen sagen: Wehe, Freundchen, du ziehst heute Abend schon wieder deinen Rautenpullover an! Komm erst gar nicht auf die Idee!

Sonja ist die Vorstandsvorsitzende in unserer Beziehung, und ich bin der Praktikant, der überall dabei sein darf. Sonja hat unsere Wohnung ausgesucht, sie hat überhaupt erst vorgeschlagen, dass wir zusammenziehen. Sie hat die Farbe unserer Wände bestimmt und die des Duschvorhangs.

Irgendwie klar, dass Sonja und nicht ich die Sache mit der Fortpflanzung in die Hand genommen hat.

Sonja hat schon während der Schulzeit Geige gespielt. Und während sie studierte, hat sie schon in einem Orchester gearbeitet. Sie hatte in ihrem Leben Überschneidungsphasen, ich hatte Pausenphasen: Nach der Schule wusste ich nicht, was ich tun sollte. Nach der Uni wusste ich nicht, was ich tun sollte, und wenn eine Beziehung in die Brüche ging, wusste ich auch nicht, was ich machen sollte.

Ich will nicht sagen, dass ich nicht gefragt wurde, ob wir ein Kind haben wollen. Und ich wollte ja Kinder, sehr gerne sogar. Doch, doch, ich fand das okay. Aber wenn es allein nach mir gegangen wäre, wüsste ich vielleicht bis heute nicht, was mit meinen Spermien los ist.

Wir kannten uns seit drei Jahren. Was für mich eine super Leistung war, denn alle Beziehungen in den Jahren davor waren meistens so schnell in die Brüche gegangen, wie heute die Beziehungen zwischen Fußballbundesligavereinen und ihren Trainern in die Brüche gehen. Es war noch gar nicht lange her, da hatte ich schon gefürchtet, dass aus mir ein Dauer-Single mit gelegentlichen, immer kürzer werdenden Beziehungsphasen werden könnte. Jetzt aber gab es Sonja schon seit drei Jahren, und es waren gute Jahre, in denen ich nicht ein einziges Mal nachts stundenlang wach lag und grübelte und mir vornahm: Morgen verlasse ich sie – oder spätestens übermorgen, wie es mir bei allen Beziehungen davor ergangen war (nur dass ich immer selbst vor übermorgen verlassen wurde). Und offenbar hat Sonja solche Nächte auch nicht erlebt, jedenfalls hat sie mir nie davon erzählt, und ich habe sie auch nie nachts ins Nichts starren sehen (okay, wäre auch schwierig gewesen).

Es waren krisenfreie drei Jahre. Wenn es Streit gab, dann vor allem, weil ich zu unordentlich war. Weil sie zu viel rauchte. Weil ich die falsche Milch kaufte. Weil sie sich keine Mühe gab, meine in der Tat zweifelhaften Kochkünste wenigstens im Ansatz zu goutieren.

Rund um uns herum wurde fröhlich gezeugt, wir bekamen im Zweimonatstakt E-Mails mit Geburtsnachrichten (über die Fotos im Anhang machten wir uns lustig, weil wir fanden, dass rotgesichtige Babys nicht sein müssen). Wir wussten beide längst voneinander, dass wir »prinzipiell irgendwann« mal Kinder haben wollten. Ich hatte zu Anfang unserer Beziehung mal großspurig die Kinderzahl »drei« zum Ziel erklärt, vielleicht auch weil ich dachte, dass ich sie damit beeindrucken konnte. Jetzt, wo es konkret wurde, war ich gar nicht mehr so großspurig.

Es war klar, dass wir irgendwann darüber reden mussten.

Mein Vater, mein Urgroßvater und wahrscheinlich alle davor hatten es wesentlich einfacher: Sie fragten die Frauen, die sie zu den Müttern ihrer Kinder werden lassen wollten, ob sie heiraten wollen. Damit war alles geklärt. Verhütung fand nicht statt. Im Anschluss an die Hochzeit verlief die Sache eher nach Naturgesetzen.

Für uns moderne Männer ist der erste Hauptsatz der Befruchtungsdynamik außer Kraft gesetzt. Man muss reden, reden, reden.

Klar, die Frauen fangen auch deshalb eher von sich aus mit dem Thema an, weil sie wissen: Irgendwann ist es zu spät. Und wir denken, wir hätten ewig Zeit.

Aber was, wenn ich hier nun verkündete, dass doch ich es war, der Sonja gefragt hat, ob wir Kinder haben wollen?

Wär schön, aber leider gelogen. Sie war's.

Sonja hatte überraschend einen freien Samstag, weil ein Konzert abgesagt worden war, und wir liefen kreuz und quer durch die Stadt wie Touristen (die es aber in Bochum eigentlich kaum gibt, außer ein paar Rentnern, die sich alte Zechen angucken). Wir liefen durch die Straßen, schauten in dieses Schaufenster und jenes, aßen diesen Kuchen und jenes Sandwich, tranken hier einen Kaffee und dort eine Schorle. Wir trafen zufällig meine Schwester, schwatzten auch mit ihr und hoben abwechselnd ihre dreijährige Tochter Terese in die Höhe.

Als wir im Auto saßen, auf dem Weg nach Hause, ging die Sonne gerade unter und schaffte es auf diese Weise tatsächlich, Bochum ein bisschen wie Nizza aussehen zu lassen (gut, ich war noch nie dort). Sonja fuhr.

»Schon süß, die Kleene.« Sie meinte Terese.

»Total«, stimmte ich zu. Ich war stolzer Onkel, und es freute mich, wenn Sonja meiner Nichte Komplimente machte.

»Kann mir kaum was Süßeres vorstellen«, sagte Sonja versonnen und umklammerte das Lenkrad so fest, als nähme sie gerade ihre erste Fahrstunde. Sie hätte eigentlich längst in den vierten Gang schalten müssen. Mir schwante, worauf sie hinauswollte. Sollte ich jetzt selbst den ersten Schritt machen und vorschlagen: Lass uns auch so ein Kind machen? Stattdessen sagte ich: »Hmmm.«

Sonja guckte kurz zu mir rüber, vielleicht um meine Stimmung zu überprüfen, dann starrte sie wieder auf die Straße. »Ich finde, wir sollten auch eins machen.« Sie schaute weiter nach vorn, als traute sie sich nicht, meine Reaktion zu erfahren, so wie manche Fußballer weggucken, wenn ihre Mitspieler einen Elfmeter schießen.

Ich hatte noch immer nicht begriffen, dass nun mein Einsatz gekommen wäre, ebenfalls etwas Mut zu zeigen. Stattdessen klappte ich die Sonnenblende nach unten, als würde mich als Beifahrer die Sonne wirklich stören, und sagte: »Meinst du das ernst?«

»Klar meine ich das ernst.« In ihrer Stimme hörte ich nun so etwas wie Ungeduld, also ergriff ich endlich die Chance, doch noch zum Helden zu werden: »Wunderbar, dann machen wir das.«

Sonja setzte den Blinker, schaute in den Rückspiegel und fuhr auf einen Lidl-Parkplatz. Wären wir Promis, hätten wir am nächsten Tag in der *Bild* ein Foto von uns gefunden neben der Schlagzeile: Intime Szenen vor dem Discount-Markt – X und Y ein Paar. Sonja und ich waren zwar keine Promis, aber definitiv ein Paar. Und wir wollten ein Kind.

Es war ein guter Kick. Auch für mein Ego, das will ich

nicht leugnen. Es hatte mir noch nie eine Frau ernsthaft gesagt, dass sie ein Kind von mir wollte.

Und frei übersetzt heißt es ja wohl: Ich will für immer mit dir zusammen sein. Und noch etwas freier: Ich finde dich so toll, dass deine Gene unbedingt weitergetragen werden sollten. Es war, wie zum zweiten Mal in dieselbe Frau frisch verliebt zu sein. Ich verbrauchte zehn Tage auf der Vater-werden-wollen-Droge, dann nahm die Wirkung ab.

Am elften Tag fragte ich mich: Was, wenn wir uns doch mal trennen? Am zwölften: Wie wird ein Kind unser Sexleben verändern? Am dreizehnten: Will ich wirklich dauernd nachts aufstehen und meine Tage mit dunklen Augenringen fristen? Am vierzehnten: Will ich das wirklich alles?

Ja. Ich wollte das alles.

Es gab jetzt ohnehin kein Zurück mehr. Die meisten anderen Paarbeschlüsse konnten wieder aufgehoben werden: »Wir trennen uns« (ein Klacks). »Wir fahren nach Rom« (nur ein kleines Problem). »Wir ziehen zusammen« (schon schwieriger, aber machbar). Den Kinderentschluss kann man nicht kippen. Hätte ich am Morgen des vierzehnten Tages zu Sonja gesagt: »Du, äh, ich hab da noch mal drüber nachgedacht, so ein Kind hat ja auch seine Nachteile, ich meine nicht nur finanziell, sondern auch so insgesamt«, ich denke, die Chancen hätten mehr als sehr gut gestanden, dass mich Sonja am fünfzehnten Tag verlassen hätte. Spätestens am sechzehnten.

Die 40-Prozent-Hürde

Sonja setzte nicht nur sofort die Pille ab, sie gab sich auch Mühe, weniger zu rauchen, was ich auch deswegen begrüßte, weil sie weniger oft auf den Balkon verschwand.

So vergingen drei, vier Monate, ohne dass Sonja schwanger wurde, aber auch, ohne dass wir uns deshalb Sorgen machten. Nach dem fünften Monat sagte Sonja: »Vielleicht sollte ich wieder mehr rauchen, wenn ich sowieso nicht schwanger werde.«

Ich hatte einen besseren Vorschlag: »Vielleicht solltest du ganz aufhören mit dem Rauchen.«

»Aha. Du gibst also mir die Schuld.«

So meinte ich es aber nicht. Ich meinte, dass sie sowieso aufhören sollte: ihr zuliebe, mir zuliebe, unseren Tapeten zuliebe. Aber irgendwie schaffte ich es nicht, diesen feinen Unterschied zu vermitteln. So hatten wir unseren ersten Schwangerschaftsstreit, bevor überhaupt von Schwangerschaft die Rede sein konnte.

Zwei Tage später sagte Sonja beim Frühstück: »Was ist, wenn ich gar nicht schwanger werden *kann*?« Ich kaute gerade an einem Kürbiskernbrötchen mit Käse, deshalb dauerte es eine Weile, bis ich antworten konnte.

»Ach was, mach dir mal keine Sorgen.«

»Mach ich aber.«

Ich wusste Trost: »Ich hab mal gehört, dass Frauen erst nach dem zweihundertsten Mal Sex schwanger werden. Wir sind aber erst bei …«

Leider durchschaute Sonja meine egoistischen Hintergedanken, lächelte aber immerhin wieder.

»Bei Nina hat es gleich beim ersten Mal geklappt.« Nina ist eine Nachbarin, mit der wir befreundet sind.

»Und was ist, wenn Nina nur ein bisschen angibt? Oder in ihrem Mutterglück verlernt hat zu zählen?«

»Klar, wir Frauen schalten unser Hirn ab, sobald die Eizelle befruchtet ist.« Dazu grinste sie, wenn auch nicht ganz überzeugend. Sie wollte nicht streiten, wirkte aber nach wie vor tendenziell unglücklich.

Ich musste zur Arbeit, und das war mir ganz recht. Manchmal wurde ich angesichts von Sonjas Stimmungen zu einem noch größeren Feigling, als ich sowieso schon oft einer war. Zu einem, der hofft, dass die Stimmung nach seiner Rückkehr besser ist. Nicht einen Gedanken verwendete ich darauf, dass ich vielleicht der Grund sein könnte, weshalb Sonja nicht schwanger wurde. Ich hatte genug Probleme auf der Arbeit: Im Internet machte man sich über unseren Stadtslogan lustig, »Bochum macht jung« hieß er, und mein Chef und das Standortmarketing wollten, dass uns dringend etwas Besseres einfällt. Der Standort Bochum hatte sowieso gerade zu leiden, Nokia war weggezogen, nach Rumänien. Auf meinem Brainstorm-Notizbuch stand bislang nur »Komm rum, nach Bochum«, das konnte ich unmöglich jemandem zeigen.

Im sechsten Monat ohne Pille hatten wir zum ersten Mal Sex nach Vorschrift. Wir versuchten, die besonders fruchtbaren Tage zu nutzen, die Sonja mit Hilfe einer Internetseite errechnet hatte.

Am Ende des Monats kam ich nach Hause. Sonja hatte frei, kein Konzert, kein Termin anderswo. Wir wollten uns einen netten Abend machen, ausnahmsweise etwas kochen, Dorade und Tomaten waren eingekauft. Sonja und ich waren keine *Foodies*, wir fanden es albern, was für ein Gewese viele unserer Bekannten um gutes Essen und den passenden Wein machten.

Als ich Sonja umarmte, sagte sie: »Wieder nichts.«

»Mist.«

»Ja, Mist.«

Die Dorade froren wir ein. Ohne zu wissen, ob man Doraden überhaupt einfrieren sollte.

Als auch im achten Monat nichts Fruchtbares entstand, ging Sonja zu ihrer Frauenärztin. Ich weiß, das ist früh. Andere haben zwei Jahre lang Sex ohne Verhütung und machen sich noch keine Sorgen. Aber Sonja und ich hätten ohne Zweifel auch eine Stiftung-Warentest-Sonderausgabe fürs Kindermachen gekauft, noch vor den ersten Fortpflanzungsversuchen, wenn es so eine Sonderausgabe gegeben hätte.

Sonja hatte sich, schon lange bevor wir uns kennenlernten, Sorgen gemacht, dass sie mal keine Kinder bekommen könnte. Nicht aus einem bestimmten Grund, es war »einfach so eine Angst«. Davon wusste ich nichts. Sie hatte es mir nie erzählt. Bis sie von der Ärztin zurückkehrte, wo sich zu ihrer Verwunderung herausgestellt hatte, dass bei ihr tatsächlich alles in Ordnung war. Also versuchten wir es weiter, was auch ohne Ergebnis mit Vergnügen verbunden war. Dass es nicht klappte, konnte nur eine Laune der Natur sein. Ich stellte mir immer noch keine Fragen.

Irgendwann fing die Ergebnislosigkeit leider an, das Vergnügen in den Hintergrund zu drängen. Und von da an war es nur noch ein kleiner Schritt, bis der Spaß komplett beseitigt war. Ich selbst war ratlos. Sonja hatte einen Rat: Dass auch ich mich untersuchen lassen sollte.

Wir saßen in unserer Küche und aßen Erdbeerkuchen. Sonja, eine Nachbarin und ich. Aus Anlass frischer Zwillinge im Nachbarhaus entstand ein Gespräch darüber, wie viele Paare heute ja auf natürliche Weise keine Kinder mehr bekommen können. Die Nachbarin wusste offenbar bestens Bescheid. Sonja auch. Es war ein Ping-Pong der Fachausdrücke, von denen ich, wenn überhaupt, nur eine schwammige Vorstellung hatte. Fertilität. Insemination. In-vitro-Fertilisation. Ich konnte nicht mitreden und konzentrierte mich stattdessen auf meinen Erdbeerkuchen. Irgendwann hörte ich die Nachbarin sagen: »Wusstest du eigentlich, dass heutzutage der Mann fast genauso oft schuld ist wie die Frau, wenn es nicht klappt? In vierzig Prozent der Fälle.«

Vierzig Prozent! Ich verschluckte mich fast am Biskuit, der die Erdbeeren trug, und versuchte mir nichts anmerken zu lassen. Vierzig Prozent, das sind vier von zehn, das ist fast die Hälfte, das sind mehr Stimmen, als die CDU normalerweise kriegt. Ich versuchte, die Zahl zu verdrängen, aß noch ein paar Erdbeerkuchenstücke und hoffte, Sonja würde nicht auf das zurückkommen, was die Nachbarin da erzählt hatte.

Sonja kam auf das zurück, was die Nachbarin da erzählt hatte. Und zwar direkt nachdem ich die Kuchenteller in die Spülmaschine geräumt hatte, was sonst nicht unbedingt meine Art war. Vielleicht hatte ich mir ausgerechnet, Sonja würde mich verschonen, wenn ich mich ein bisschen einschleime. Doch Sonja kam so schnell und direkt auf die vierzig Prozent zu sprechen, dass ich später den Verdacht hatte, dass die ganze Sache unter den Frauen abgesprochen war. Was Sonja bis heute heftig bestreitet. Und warum sollte ich der Frau, die ich liebe, nicht glauben?

Sonja sah die Sache so pragmatisch wie alles andere auch: Sie war beim Arzt gewesen, und jetzt war ich an der Reihe, mir auf mein Zeugungspotenzial fühlen zu lassen.

Argumente dagegen gab es keine, also zögerte ich es hinaus. Ich gab vor, zuerst mal mit meinem Hausarzt sprechen zu wollen (ich hatte gar keinen Hausarzt). Ich gab vor, dass ich mich darum kümmern würde, wenn das nächste Großprojekt (das es nicht gab und das nur angeblich all meine Konzentration und Kraft forderte) über die Bühne gebracht sei. Ich schlug vor, es während des nächsten Urlaubs zu machen, oder kurz danach, auch in der Hoffnung, Sonja würde mich nach einem netten Pärchenurlaub vielleicht noch ein bisschen länger verschonen, wenn auch nur aus Sorge, das Beziehungsleben oder meine sensible männliche Seele könnten leiden, wenn die Diagnose nicht gut ausfiele.

Außerdem hatte ich noch immer überhaupt keinen Zweifel. Wenn das mit den vierzig Prozent wirklich stimmen sollte, dann würde ich zu den sechzig Prozent gehören. Warum wohl auch nicht? Ich wollte nicht zum Urologen, weil ich vor dem Arzt Angst hatte, nicht vor dem Ergebnis. Männer gehen nicht gerne zum Arzt, erst recht nicht zu einem, dem sie ihr Gemächt zeigen sollen. (Ich wusste damals ja noch nicht mal, wie genau meine Männlichkeit überprüft werden sollte. Wird nur abgezapft? Oder auch ertastet?) Frauen gehen zum Frauenarzt, sie tun das, soweit ich das beurteilen kann, ohne größere Scham, jedenfalls reden sie ziemlich entspannt darüber, auch wenn Männer dabei sind und diese, was nicht selten vorkommt, im Chor rufen: »So genau wollen wir das nicht wissen!« Männer gehen nicht zum Männerarzt, so ist das. Sie haben das nicht gelernt. Sie wissen nicht, was sie dort sollen, und sie wissen auch nicht, was sie dort erwartet.

Ich hätte jeden anderen Körperteil lieber untersuchen lassen als meine Hoden. Meine Hoden waren, außer vom Bundeswehrarzt bei der Musterung, immer nur zu erotischen Zwecken von anderen Leuten berührt worden. Meine Hoden waren zum Spaß da. Und so sollte das bitte auch bleiben. Sonja schlug vor, dass sie mir ja einen Termin besorgen könnte, wenn ich nicht anrufen mochte. Das ging mir dann aber doch zu weit. Ich wollte nicht der Mann sein, der von seiner Freundin zum Urologen geschickt wird. Da hätte ja gleich meine Mutter anrufen können: »Mein Sohn ist dreiunddreißig, und ich mache mir Sorgen …«

An einem Donnerstag vor der Arbeit, als mir wirklich nichts mehr einfiel, was dagegen sprechen könnte, sollte es so weit sein. Sonja war im Bad. Ich schaute das Telefon an, als wüsste ich nicht, wie ich es zu bedienen hätte. Dann bediente ich es, indem ich in der richtigen Reihenfolge auf die richtigen Tasten drückte und es läuten ließ. Einmal, dann legte ich sofort wieder auf.

Sonja rief aus dem Badezimmer: »Hast du schon angerufen?«

Ich schwieg.

»Also nein«, rief sie lauter.

Die Nummer der Praxis hatte ich aus dem Internet. In den letzten Tagen hatte ich gelernt, dass es sehr wohl einen Männerarzt gibt, einen, der sich nur um die Fortpflanzung kümmert, Andrologen nennen sie sich, was ein bisschen nach Astrologe klingt und meinem Zutrauen in diesen Beruf nicht unbedingt zuträglich war. Ich entschied mich für einen Urologen, dessen Fachgebiet etwas weiter gefasst ist. Die Praxis behauptete auf ihrer Homepage, schon weit mehr als tausendmal Sperma analysiert zu haben. Was auf die Größe der Stadt hin berechnet bedeutete, dass mindestens jeder zweihundertste Mann schon mal dort war. Das tröstete mich ein bisschen, immerhin war ich nicht allein.

»Immer noch nicht?«, rief Sonja nach ein paar Minuten. Sie hätte längst fertig sein müssen im Bad.

Ich wählte wieder. Eine Frauenstimme meldete sich sehr freundlich mit »Praxis Dr. Meffen«, und ich weiß nicht, wieso, aber ich musste an eine nicht unattraktive Frau aus einer Vorabendserie denken, blond, Ohrstecker, Jurastudentin.

»Ich … bräuchte einen Termin.«

Ich lief in unserem Flur auf und ab, Sonja blieb weiter im Bad.

»Wie war noch gleich Ihr Name?«, fragte die jetzt zweifelsfrei extrem attraktive Frau aus der Praxis. Natürlich wusste sie, dass ich meinen Namen nicht genannt hatte. Jetzt gab ich ihn preis, Buchstabe für Buchstabe. Dazwischen zögerte ich, als wollte ich sicher sein, dass, falls sie plötzlich ruft: »Sind Sie nicht der Wegener, der mit meiner Schwester studiert hat?«, ich noch reagieren könnte: »Wegener, nein, wie kommen Sie denn darauf? Wegemann heiße ich. Mit Mann am Ende.« Als mein Name draußen war, fragte sie, was sie denn für mich tun könne.

»Ich würde gerne meine Jungs bei Ihnen checken lassen.« Ich nannte sie so, weil ich das sympathischer fand als Spermien. Spermium klingt unangenehm, finde ich. Jungs klang persönlicher und nicht ganz so traurig.

»Ihre was?« Offenbar kannte sie den Ausdruck nicht. Oder er gefiel ihr nicht.

»Meine Jungs. Spermien. Machen Sie doch, oder?«

»Ja, schon, wir erstellen Spermiogramme.«

Den Begriff wiederum hatte ich bis dahin noch nicht gehört.

Plötzlich war die Stimme gar nicht mehr attraktiv. Sie schlug mir einen Termin in zwei Wochen vor, was mich beruhigte, nicht nur, weil ich ein paar Tage gewonnen hatte, sondern auch, weil die Praxis offenbar viel zu tun hatte, und ich wollte meine Spermien nicht in einer Kaschemme abgeben, wo sie seit Wochen keinen Patienten mehr hatten.

Weiß der Teufel, was die mit meinen wertvollen Jungs anstellen könnten.

»Alles klar?«, fragte Sonja, als sie aus dem Bad kam. Ich schwieg wieder. Ich nahm mir vor, in den folgenden zwei Wochen besonders gut zu essen und viel an der frischen Luft zu sein, was man sich halt so vornimmt, wenn man keine Ahnung hat, was Spermien so fit hält. In Wahrheit sah ich in diesen beiden Wochen besonders viel fern, zappte zu Sportkanälen, die ich sonst ignoriere, schaute Sportarten zu, die mich nicht interessieren, und war auch sonst für Sonja ein mieser Gesprächspartner. An Sex war gar nicht erst zu denken.

Ich wollte nicht zum Urologen. Ich war nie länger krank gewesen, und obwohl ich dreiunddreißig war, fühlte ich mich keineswegs gebrechlich, sondern eigentlich noch ziemlich frisch.

Mein Vater hat zwei Kinder gezeugt, innerhalb von drei Jahren. Soweit ich weiß, hat es ihn nicht viel Mühe gekostet.

Auf meiner Brust wachsen Haare, und wenn ich mich recht erinnere, rasiere ich mich, seit ich siebzehn geworden bin, statt wie einige meiner Freunde fast bis zwanzig darauf zu warten, bis im Gesicht etwas wuchs, was sich zu rasieren lohnte. Bis heute trage ich einen Drei- bis Fünftagebart und fühle mich auch sonst einigermaßen männlich.

Ich war immer gut im Sport, und bis ich vierzehn Jahre alt war, machte ich mir ernsthaft Hoffnungen, Fußballprofi zu werden, auch wenn meine Aussichten nie so gut waren wie die meines besten Freundes Jörg, der es immerhin einmal auf die Ersatzbank eines Bundesligisten geschafft hatte (allerdings saß er dort nur einen einzigen Nachmittag lang). Jedenfalls gehörte ich nicht zu den Jungs, die sich scheuten, auf Bäume zu klettern, mit Wucht gegen einen Ball zu treten oder nachts durch den Wald zu laufen. Ich hatte mich schon als Mann gefühlt, als ich noch gar keiner war.

Mein Vater war zwei Wochen zuvor zum ersten Mal beim Urologen gewesen, mit Mitte sechzig, um seine Prostata untersuchen zu lassen. Hätte es nicht bei mir auch noch etwas Zeit gehabt?

Kopfdefekte

Vier Tage nach meiner Spermienprobe war ich wieder in der Praxis, in die ich eigentlich nie wollte. Die Begrüßung im Wartezimmer war wieder wenig euphorisch. Diesmal fiel mir auf, dass dort vor allem zwei Arten von Männern vertreten waren: Männer um die dreißig und Männer jenseits der sechzig, Letztere vorwiegend mit dickem Bauch. Prostata trifft Zeugungsschwäche. Da ich erkennbar noch nicht zu den Rentnern zählte, war klar, was mein Problem war. Kein gutes Gefühl. Als ich zum Arztzimmer schritt, drückte ich den Rücken durch und versuchte einen selbstbewussten, männlichen Gang. Als würde das helfen.

Der Arzt gab mir die Hand und schloss die Tür. Ein schlechtes Zeichen? Vor ihm lag ein DIN-A4-Blatt. Er betrachtete es so ausgiebig, als sähe er so ein Blatt zum allerersten Mal, dabei gab es Grund anzunehmen, dass er sich damit auskannte. Mich hingegen vermied er anzusehen. Noch ein schlechtes Zeichen? Ich schielte auf das Blatt. »Ejakulationsbefundbogen nach WHO 1999« stand da. Ist jetzt schon die Weltgesundheitsorganisation für mich zuständig? Sollten die sich nicht besser um die Cholera in Haiti kümmern?

»Wir stehen am Anfang«, sagte Dr. Meffen.

Am Anfang wovon?, dachte ich. Einer lebenslangen Männerfreundschaft? Einer Krankheit mit garantiert tödlichem Verlauf? Einer schweren Saison für den VfL Bochum?

»Ihr Spermiogramm könnte schlechter sein.« Er legte nur eine sehr kurze Kunstpause ein, die mir keine Zeit gab, über die verklausulierte Botschaft nachzudenken, bevor er hinzufügte: »Aber auch deutlich besser.« Nach diesen Worten verzichtete ich erst einmal auf jedes Nachdenken. Ich war wohl auch zu geschockt, um denken zu können. Stattdessen nahm ich den Bogen entgegen, den mir Doktor Meffen schließlich doch reichte. Ich starrte auf das Blatt, insgeheim hoffend, dass der gute Mann mit seiner Botschaft übertrieben hatte. Nur leider sagten mir die Zahlen gar nichts. Ich glaube, mein Gesichtsausdruck verriet das.

Dr. Meffen erklärte mir, ich hätte zu wenig Spermien in zu viel Flüssigkeit. Und von den wenigen, die vorhanden seien, besäßen die allermeisten Kopfdefekte. 93 Prozent, um genau zu sein. Kopfdefekte! 93 Prozent! So etwas will man ja von seinen Spermien nicht hören. Ich dachte an Matschbirne, Hohlköpfe, intellektuellen Totalausfall. Ich stellte mir vor, wie in meinem Sperma einer den anderen nach dem Weg fragt, aber keiner kann ihn erklären.

Und die restlichen sieben Prozent der Spermien mit intakten Köpfen bewegten sich nicht oder nur äußerst widerwillig. Es gibt drei Kriterien, die Spermien beschreiben, erläuterte Meffen: Quantität, Beweglichkeit und Qualität. Ich hatte überall schlechte Werte. Es stand 0:3 gegen mich.

Mein Herz erhöhte die Schlagzahl, was die Sache nicht besser machte.

»Es hört sich schlimmer an, als es ist«, sagte er. Um mir dann zu erklären, dass mit Spermien meiner Qualität auf Anhieb ans Kinderkriegen nicht zu denken sei. »Aber«, kam er doch noch zum ermutigenden Teil seiner Ansprache, »immerhin haben Sie überhaupt welche, es gibt Männer, die derlei gar nicht vorweisen können.« Was für ein Trost, dachte ich. Ich habe Spermien. Herzlichen Glückwunsch. Außerdem sei nicht ausgeschlossen, sagte der Arzt, dass der Test beim nächsten Mal schon etwas besser ausfallen würde. Wunderbar, »etwas besser«. Das machte mir doch Mut. Richtig gute Spermien, ließ er durchblicken, würde ich wohl nie haben. In meine Sprache übersetzt hieß das: Vielleicht schaffe ich mal statt eines 0:3 ein 1:2. Aber ein schönes 3:0, locker nach Hause gespielt, dafür würde es bei mir nie reichen.

Mann, Mann, Mann, dachte ich. Falls ich überhaupt etwas dachte.

Ich hätte den Arzt gerne etwas gefragt, aber mir dämmerte, dass ich ihn gar nichts fragen konnte. Weil ich nämlich rein gar nichts wusste zu diesem Thema. Jede Frage hätte offenbart, dass mein Wissen in Fortpflanzungsfragen ungefähr dem Niveau eines Sechstklässers entsprach, wenn ich mich damit mal nicht überschätzte, weil den Sechstklässern von heute sicher so einiges beigebracht wird, was mir in meiner Schulzeit verwehrt blieb.

Ich schwieg, und er sprach weiter, von meiner »herabgesetzten Fertilität«, so drückte er sich aus, und meiner

»idiopathischen Störung«. Für mich hörte sich das an wie eine Mischung aus Idiot und Psychopath.

Ich hörte, wie mir der Arzt empfahl, erst einmal Zink zu nehmen (was ich okay fand) und außerdem Östrogenhemmer (was ich entschieden nicht okay fand). So viel wusste ich dann doch noch, dass Östrogene weibliche Hormone sind und damit in meinem Körper rein gar nichts zu suchen haben. Und jetzt sollte ich Pillen dagegen schlucken? Dagegen? Entschuldigung, wollte ich laut rufen, aber haben Sie den Eindruck, dass mir Brüste wachsen? Sehen Sie nicht meine breiten Schultern, mein markantes Kinn? Ist Ihnen der Bartwuchs in meinem Gesicht nicht aufgefallen? Muss ich Sie an Ort und Stelle vermöbeln, um Sie von meinem ganz sicher schon sehr geringen Östrogensspiegel zu überzeugen? Aber natürlich ruft man das dann doch nicht und nimmt erst recht vom Prügeln Abstand, sondern man sagt ein paar dünne Dankesworte und trollt sich.

An einen selbstbewussten Gang war danach nicht mehr zu denken. Die Männer im Wartezimmer müssen meine Diagnose erahnt haben. Auch schon egal.

Draußen regnete es, es war April, aber noch immer so kalt, dass man beim Radfahren Handschuhe tragen musste, zumindest morgens. Ich fahre seit ein paar Jahren schon mehr Rad als Auto. Nach meinem Audi 80 vor elf Jahren habe ich mir nie wieder ein anderes Auto gekauft, stattdessen sah ich dem Audi beim Altwerden zu. Ich interessierte mich weiter für Autos, sah jedoch keinen Sinn mehr darin, mir eines zu kaufen. Es war einfach zu teuer. Dafür kaufte ich öfter

Fahrräder, die konnte ich mir leisten. Ich besaß fünf zu dieser Zeit: ein Trekkingrad, mit dem ich zur Arbeit fuhr, ein altes und ein neues Rennrad, ein Moutainbike und ein Hollandrad mit drei Gängen, mit dem ich im Sommer gerne kurze Strecken radelte.

Ich stellte mich neben mein Rad in den Regen und rief Sonja an. Sie nahm sofort ab. »Und?«, fragte sie.

»Spermmüll«, sagte ich.

Ich hatte mir den Witz schon bereitgelegt, so wie sich andere Socken oder frische Hemden am Abend bereitlegen, um am nächsten Tag gut in den Tag zu starten, ohne lang in der Schublade kramen zu müssen. Ich weiß nicht mehr, woher ich diesen Ausdruck hatte, ich beanspruche keinesfalls das Copyright. Vielleicht habe ich ihn mal in einer Fußballerkabine aufgeschnappt, in einem Satz wie: »Dem schieß ich auf die Eier, dem mach ich Spermmüll«, vielleicht hatte er sich aber auch erst in den letzten Wochen in einer hinteren Hirnregion entwickelt. Jedenfalls hatte ich den Witz zu meinem Problem sofort parat, keine Sekunde war ich ohne entsprechenden Witz geblieben, und das fühlte sich schon mal gar nicht so schlecht an. Ich fühlte mich gewappnet.

Sonja lachte nicht. Sie klang eher irritiert und fragte, ob es wirklich so schlimm sei.

»Schlimmer«, sagte ich.

»Und was machst du jetzt?«, fragte sie als Nächstes.

»Ich gehe zur Apotheke, Zink kaufen und was gegen meine Östrogene.«

»Komm, nimm dir erst mal frei. Mein Orchesterdienst dauert nicht mehr lange. Treffen wir uns doch zu Hause.«

Sie klang besorgt, fast so, als würde sie denken, dass man sich mit Zink und Östrogenhemmern das Leben nehmen kann. Ich versicherte ihr also, dass ich das nicht vorhatte, jedenfalls nicht vor dem Abend, und also erst mal ins Büro fahren würde. Um sie ein bisschen aufzumuntern, zitierte ich noch den Arzt, von wegen, dass ein zweites Spermiogramm besser ausfallen könnte als das erste. »Eine Verschlechterung ist jedenfalls nicht möglich, so unterirdisch wie die Ergebnisse sind. Das ist doch schon mal was.«

Sie lachte immer noch nicht.

Ich nahm den direkten Weg ins Büro. Es regnete weiter, und ich wurde ziemlich nass. Zink und Östrogene würden warten können. Auf ein paar Stunden kam es jetzt eh nicht mehr an.

Und so war der erste Mensch, dem ich von der Diagnose von Angesicht zu Angesicht berichtete, nicht meine Freundin, nicht meine Mutter, nicht meine Schwester, auch nicht mein bester Freund oder eine Apothekerin, sondern: ein Kollege. Ich nannte ihn Kleinchef, weil er nicht so weit oben stand in der Hierarchie wie der eigentliche, große Chef. Ich nannte ihn immer noch so, obwohl er inzwischen gar nicht mehr mein Vorgesetzter war. Er fragte mich, wo ich herkomme, so spät und deutlich vom Regen durchnässt.

Ich antwortete, ohne groß darüber nachgedacht zu haben: »Ach, ich war beim Urologen, Ergebnisse abholen. Hab meine Spermien untersuchen lassen vor ein paar Tagen, weil Sonja nicht schwanger wird. Und was soll ich sagen? Sie taugen nichts. Gar nichts. Tja, kann man nichts machen.«

Mein kleiner Chef schaute mich an, als wartete er darauf,

dass ich die Situation auflöse, indem ich sage: »Ha, nur Spaß, war beim Zahnarzt, einmal kurz gebohrt, sonst alles super.« Aber ich sagte nichts dergleichen. Also räusperte er sich. Der Mann hat zwei Kinder. Ich nehme an, so etwas hat er noch von keinem Mann gehört. Erst recht nicht von einem Kollegen. Die Situation gefiel mir. Sie war außergewöhnlich. In dem Moment, in dem ich sie erlebte, dachte ich: Oh, das lässt sich noch oft weitererzählen im Büro, wie der Kleinchef da stand, hilflos, und nicht wusste, was er sagen sollte.

Er sagte schließlich, es täte ihm leid. Und empfahl mir, den restlichen Tag freizunehmen. »Wäre kein Problem.«

»Nicht nötig«, lehnte ich großzügig ab, schwante mir doch, dass ich das Büro noch oft genug durch Abwesenheit belasten musste. »Ich habe so viel Östrogen, dass mir demnächst wahrscheinlich Brüste wachsen. Wenn meine Spermien nicht so schlecht wären, könnte ich mir selbst ein Kind machen.«

»Ach Mensch.« Er klopfte mir mit der flachen Hand auf die Schulter. »Ehrlich, tut mir echt leid. Weiß gar nicht, was ich sagen soll. Bei mir hat ja alles gut geklappt.«

Das jedenfalls hätte er definitiv nicht sagen sollen. Zur Strafe wies ich ihn darauf hin, dass sexuelle Stärke nicht mit intellektueller verknüpft war. »Dafür bist du ja der beste Beweis.« Mein Kleinchef sah milde darüber hinweg.

Ich arbeitete an diesem Tag so vor mich hin, noch ein bisschen unkonzentrierter als sonst, die Standortfuzzis mit ihrem Slogan waren mir so was von egal. Ich ignorierte die immer dringlicheren E-Mails, ahnte ich doch, dass am Ende der alte Slogan bestehen bleiben würde. Sonja rief zweimal an, aber ich ging nicht dran. Sie schrieb nette SMS. Ich antwortete nicht.

Auf dem Weg nach Hause machte ich dann aber doch bei der Apotheke halt. Aus Vorsichtsgründen nicht bei der, bei der ich sonst meine Schleimlöser gegen Husten kaufe. Bedient wurde ich von einer Frau um die dreißig. Als sie mich nach meinem Wunsch fragte, kaufte ich ein Päckchen Aspirin. Ich fuhr zu einer zweiten Apotheke und steuerte dort einen männlichen Mitarbeiter an. Ich hielt ihm meinen Zettel hin, er schaute ihn an, angenehm unbeeindruckt. Anschließend ging er zu einem hohen langen Schrank mit vielen Schubladen, entnahm ihnen Zink und Frauenhormonbremser, legte die beiden Packungen auf den Tresen und fragte mich, ob ich über die Dosierungen Bescheid wisse. Woher denn? Dazu hatte Dr. Meffen nichts gesagt. Und ich hatte ja auch nichts gefragt. Aber meine Lust, mir das in der Apotheke erklären zu lassen, hielt sich in Grenzen. Wozu gibt es schließlich Beipackzettel?

Der Apotheker wünschte mir »viel Erfolg«. Wenigstens hatte er nicht »gute Besserung« gesagt.

Draußen stieg ich wieder aufs Fahrrad, setzte mich auf den Sattel und fuhr los. Nach fünfzig oder hundert Metern kam mir plötzlich in den Sinn, dass ich vielleicht besser im Stehen radeln sollte. Nichts war mehr sicher.

Als ich so stehradelte und mich fragte, ob mich vielleicht jemand dabei beobachtete und mich für so bescheuert hielt wie ich mich selbst, machte ich mir ein paar Gedanken über mich als Mann. Würde mich Sonja überhaupt noch als solchen akzeptieren? Oder würde sie mich jetzt als biologischen Nichtsnutz aus der Wohnung jagen?

Streng genommen wohne ich bei ihr nur zur Miete. Die Wohnung gehört ihr, sie hat sie sich gekauft. Sie hat schon immer mehr Geld verdient als ich – als zweite Geige im Orchester –, obwohl sie jünger ist als ich. Sie hatte die Wohnung damals bei den Immobilienanzeigen entdeckt. Und sie hatte auf die Frage des Maklers, ob wir sie haben wollen, als Erste ja gesagt. Ich bildete mir immer ein, nicht darunter zu leiden, dass sie so manches übernahm, was in der Menschheitsgeschichte fast immer dem Mann zugedacht war. Aber jetzt, als Stehradler, fragte ich mich schon: Was bleibt da eigentlich noch? Was ist an mir eigentlich noch männlich? Ich fahre Fahrrad, im Stehen, und Sonja hat einen neuen VW Golf.

Sie schien fürs Erste davon abzusehen, mich aus ihrem Leben zu entfernen. Stattdessen begrüßte sie mich mit einer Flasche Sekt. Ich trinke kaum Alkohol, sie hingegen auch mal reichlich. Das ist unter Musikern üblich, sagt sie immer, und ich glaube ihr. Ich mache mir auch keine Gedanken, wenn sie mit Kollegen bis tief in die Nacht trinkt. Das Einzige, was ich nicht schätze, ist der Gesichtsausdruck der Kellner, wenn sie mir das Bier servieren und Sonja das Wasser und Sonja dann sagt: »Nee, umgekehrt, aber macht nichts.« Die Kellner sehen dann nicht nur abfällig auf mich herab, sie mustern auch Sonja, als würden sie denken: »Aha, der Typ ist keine Gefahr, vielleicht kann ich da noch was erreichen.«

Ich fragte Sonja, ob sie mich falsch verstanden habe.

»Meine Spermien sind zu 93 Prozent kaputt, nicht zu 93 Prozent spitze.«

»Hab ich verstanden. Den Sekt gibt es, um deinen Mut zu feiern«, sagte sie.

»Welchen Mut?«, fragte ich zurück, weil ich es wirklich nicht wusste.

»Dass du zum Arzt gegangen bist. Du weißt gar nicht, wie viele Frauen ich kenne, deren Männer sich erst nach Jahren haben untersuchen lassen. Und dann war es manchmal auch schon zu spät.« Kurz stellte ich mir vor, wie sich die Frauen beim Kaffee über unsere Erektions- oder Potenzprobleme austauschten, dann stieß ich mit ihr an.

Eine Weile drückten wir den jeweils anderen an uns und küssten uns.

»Es tut mir so leid für dich«, sagte ich.

»Ach was! Wieso denn für mich? *Du* tust *mir* leid.« Sie war wirklich bemüht, mich aufzubauen, davon zeugte nicht nur der Sekt.

»Ich hab einfach nicht damit gerechnet. Weißt du? So überhaupt gar nicht.«

Sie nickte verständnisvoll. Sie sagte nicht: Ich habe auch nicht damit gerechnet. Wie es aussah, hatte sie meiner Zeugungsfähigkeit eh nicht mehr allzu viel zugetraut. Ich war ein Versager, und der Einzige, der das niemals für möglich gehalten hatte, war: ich.

Ich hatte das Gefühl, dass ich nun eine Stunde lang hätte rumjammern können – wonach mir durchaus gewesen wäre –, und die ganze Stunde lang hätte Sonja verständnisvoll geschaut und genickt. Aber ich wollte keinen

Gebrauch von ihrem Mitgefühl machen, jedenfalls nicht in dieser Dosis.

Ich überlegte, ob mir nichts Lustiges einfiel. Mir fiel nichts ein. Sogar den Kleinchef und seinen Gesichtsausdruck hatte ich schon wieder vergessen.

»Gemeinsam schaffen wir das«, sagte Sonja irgendwann. Wieder so ein Satz, den ich zwar sehr nett fand, der mir aber zu sehr nach Durchhalteparole klang.

»Wenn du mir nicht davonläufst«, sagte ich, und es war keinesfalls nur lustig gemeint.

»Mach ich nicht.« Dass sie es ehrlich meinte, verriet mir die Art und Weise, wie sie mir mit ihrer nächsten Umarmung die Luft abschnürte. Ich fühlte mich sicher, zumindest in den nächsten Wochen noch in Begleitung einer Frau zu sein (eine andere als Sonja käme nicht in Frage). Bestimmt würde sie mich dann und wann trösten müssen.

Ich schlief schlecht in dieser Nacht, vielleicht auch wegen der drei Gläser Sekt. Sonja schlief offenbar sehr gut. Sie schnaufte ziemlich laut im Schlaf. Ob sie von einem anderen Mann träumte und gerade gigantisch guten Sex mit ihm hatte, wie er uns seit Wochen verwehrt war? Erst vor ein paar Stunden hatte mir Sonja mit ihrer ganzen Körpersprache die Treue geschworen, und trotzdem stellte ich mir vor, dass sie gerade in ihrem Traumland mit einem Typen schlief, der Spermien von internationaler Spitzenqualität hatte, einem Zuchtbullen gleich. Das ging ja gut los. Bei Zuchtbullen musste ich dann an Gregor Gysi denken, weil der vor seiner Karriere als Anwalt mal beruflich mit Zuchtbullen zu tun hatte. Ich dachte darüber nach, ob Gregor Gysi Kinder hatte oder nicht, und wunderte mich darüber, dass man das nicht weiß. Dabei erfährt man doch sonst so viel über das Privatleben von Politikern, das man gar nicht wissen will. Kurz dachte ich sogar daran, mich aus dem Bett zu schleichen und »Gysi Kinder« zu googeln, aber dann stellte ich mir vor, wie Sonja, die vielleicht gerade gedanklich exzellenten Sex hatte, wach wird und mich fragt, was ich mitten in der Nacht mit meinem Blackberry mache, und der ich dann die Sache mit Gysi erklären müsste.

Also schlief ich ein, ohne die Kinderzahl Gregor Gysis zu wissen. Ich kenne sie bis heute nicht.

Voll verzinkt

Ich wachte mit der Gewissheit auf, dass alles besser wird. Ich würde den Kampf aufnehmen und für das nächste Spermiogramm trainieren. Ich hatte das Hinspiel zwar 0:3 verloren, und ich machte mir keinerlei Illusionen, das Rückspiel 3:0 zu gewinnen. Aber ich wünschte mir, was Sportkommentatoren einen Achtungserfolg nennen. Ich würde vielleicht wieder verlieren, aber die imaginären Zuschauer würden dennoch applaudieren, sie würden sich von den Sitzen erheben und sie würden denken: Mit so viel Selbstachtung ist noch niemand gescheitert.

Mein Ziel war: ein paar weniger Kopfdefekte, mehr Spermien, mehr Beweglichkeit. Dafür würde ich meine Jungs so hart trainieren wie Felix Magath seine Spieler. Ich wollte mir nicht vorwerfen lassen, nicht alles versucht zu haben. Und ich wollte nicht, dass das hier an mir kleben blieb wie ein Makel, ein hässlicher Fleck, der aus mir einen unvollkommenen Mann machte, ein Weichei, einen Schlappschwanz, einen Loser.

Ich war hellwach, obwohl es erst halb fünf Uhr morgens war. Ich fand es eine gute Idee, Sonja gleich darüber zu informieren, wie motiviert ich war. Ich weckte sie. Sonja schaute mich müde an, und ihr Blick sagte: Weißt du, wie spät es ist? Ich erzählte von meinem Entschluss und verbreitete Siegesgewissheit. Dann sagte sie: »Ja, Schatz, machen wir. Lässt du mich noch ein bisschen schlafen?« Und schon waren die Augen wieder zu.

Wer wollte denn ein Kind von mir – sie oder ich?

Weil für mich an Schlaf eh nicht mehr zu denken war, stand ich auf und deckte den Frühstückstisch. Ich nahm das gute Geschirr, kochte Eier, presste Orangen aus und stellte alle Milchprodukte, die ich im Kühlschrank finden konnte, auf den Tisch. Okay, es waren lediglich: Butter, Milch und ein betagter Gouda. Bis zu jenem Morgen war es mir nämlich ziemlich egal gewesen, was ich so aß, Hauptsache, es schmeckte. Ich aß gerne und viel. Ich konnte zum Frühstück ohne Probleme sechs Brötchen verzehren, und zwar in so großer Geschwindigkeit, dass mancher oder manche, die mich zum Frühstück eingeladen hatten, ungläubig in die leeren Papiertüten starrten. Ich konnte auch sehr viele Würstchen essen, wenn im Sommer gegrillt wurde, ich rief einfach immer »Ich«, wenn gefragt wurde, wer noch eines will.

Milchprodukte mied ich nicht, aber sie standen auch nicht im Mittelpunkt meines Speiseplanes. Ich kannte kaum anderen Käse als diesen, und mir schmeckte er. Und bei Aldi gab es auch mittelalten. Jetzt erst beschloss ich, fortan deutlich mehr Milchprodukte zu kaufen, weil Sperma bekanntlich aus Eiweiß besteht. Ich beschloss, Biomärkte aufzusuchen, bei denen mir kürzlich aufgefallen war, dass sie besonders oft von jungen Müttern und Vätern frequentiert werden. Weil junge Eltern Biokram für ihr Kind wollen, oder weil der Biokram die Eltern in Höchstform bringt? Ich wollte Letzteres zumindest nicht ausschließen.

Ich sagte also zu Sonja, als sie sich an den Frühstückstisch schleppte: »Du, wir kaufen jetzt Bio ein.« »Okay.« Sonst nichts. Kein Protest, kein Ich-dachte-du-bist-ein-Gegner-des-um-sich-greifenden-Biowahnsinns. Offensichtlich hatte sie beschlossen, mir erst mal alles zu erlauben, was zumindest theoretisch Stimmung und Erfolgsaussichten heben konnte.

In den nächsten Tagen ersetzte ich hellen Toast (eine, wie ich bis dahin fand, hervorragende Frühstücksgrundlage, vor allem in der Kombination mit Nutella) durch Vollkornbrot und begann, Linsen und Rindfleisch zu kaufen. Ich ließ mir von der Fleischereifachverkäuferin an der Biofachfleischtheke versichern, dass dem Tier keine Wachstumshormone im Futter untergejubelt worden waren. Wachstumshormone in der Mast lassen nämlich die Qualität von Spermien schrumpfen, so die wissenschaftliche Vermutung. Ich hatte gerade erst angefangen, mich schlauzumachen, und war verunsichert genug, mich mit Vermutungen zufriedenzugeben.

Ein erhöhter Fleischkonsum, wenn auch leider nicht Würstchenkonsum, war jetzt medizinisch empfohlen. Was für eine Erleichterung in Zeiten, in denen man sich auf manchen Partys und Essensrunden als Nichtvegetarier moralisch genauso mies fühlte wie ein Raucher oder Investmentbanker. Zu meiner Freude hatte ich außerdem gelesen, dass die Alternative zu richtigem Fleisch – das Tofuschnitzel – für Männer mit meinen Sorgen nicht zu empfehlen war, weil das Soja-Zeug nicht besonders viel Zink enthält und vor allem mit Stoffen durchsetzt ist, die so ähnlich wirken können wie Östrogene. Und von denen hatte ich ja mehr als genug.

Sonja wunderte sich, dass ich auch begann, Kästen mit Mineralwasser nach Hause zu schleppen, was ich, seit wir zusammen waren, noch nie getan hatte. Mineralwasser in Glasflaschen. Bis dahin tranken wir Leitungswasser, weil es bequem war und es kein besser kontrolliertes Lebensmittel als Wasser aus der Leitung gibt – so heißt es doch immer. Aber die These, dass über das Trinkwasser Östrogene, die von der Anti-Baby-Pille stammten, in den männlichen Organismus gerieten und die Spermaproduktion drosselten, ließ mich nicht mehr los.

Sonja fand die Idee mit den Glasflaschen übertrieben, ließ mich aber gewähren. Wir redeten in den ersten Tagen sowieso kaum über das Thema. Solange es keine neuen und vor allem aussichtsreicheren Fakten gab, half Reden nicht viel. Im Gegenteil. Ich hatte keine Ahnung, ob Sonja genauso dachte. Wir sprachen ja nicht darüber.

Nur einmal hätten wir fast doch geredet. Sonja stand in einem Anflug von Verzweiflung an der Balkontür und weinte. Sie hatte wieder mal Angst, dass sie nie Kinder bekommen würde, diesmal begründete. Dass ihre Freundinnen, die Nachbarinnen, fremde Frauen auf der Straße sie eines Tages voller Mitleid ansehen würden, weil sie immer noch keinen Kinderwagen samt Insasse zum Herumschieben hatte. Diese Aussicht lag so grau und freudlos vor ihr wie der regennasse Garten unseres Mehrparteienhauses, in den wir hinabsahen.

Ich stellte mich schweigend zu ihr und hoffte, dass es bald vorüberging. Und es ging vorüber, ohne dass ich dabei hilfreich gewesen wäre.

Eines Tages kam Sonja mit heißtelefoniertem Ohr ins Wohnzimmer gestürmt und rief über die aus den Boxen schallende Musik hinweg: »Monika aus dem Orchester hat mir erzählt, dass Akupunktur in der traditionellen chinesischen Medizin schon seit Ewigkeiten Fruchtbarkeit und Potenz in ungeahnte Höhen treibt.« Monika aus dem Orchester wusste auch Dinge wie: Die Nadeln können »die Schwäche des Feuers« direkt »am Tor des Lebens« beseitigen. Ich drehte die Musik leiser, sagte aber erst einmal nichts. Machte sie sich über mich lustig? Glaubte sie im Ernst, dass ich mir Nadeln in mein *Tor des Lebens* stechen lasse? Mit einem entschiedenen Blick stellte ich die Punktierung hochsensibler Zeugungsinstrumente ans Ende aller Möglichkeiten. Und davon glaubte ich mich noch immer ziemlich weit entfernt.

Zink stand zunächst im Mittelpunkt meiner medizinischen Therapie. Ich hatte zwar auch die Antiöstrogenpillen, aber ich beschloss, ihnen erst einmal eine Nebenrolle zuzuteilen, zu wenig gefiel mir der Gedanke, gegen meine Weiblichkeit kämpfen zu müssen.

Als ich auf dem Beipackzettel las, gegen was Zink so alles half, fragte ich mich, wie ich ohne Zinkpillen überhaupt erwachsen werden konnte. Ob bei der Zellteilung, der Stärkung des Immunsystems, der Reduzierung freier Radikaler, Zink war der Booster, und das ganz besonders, wenn die eigenen Spermien nicht mehr von der Stelle kommen und auf Vordermann gebracht werden müssen. Mehr Zink bedeutet mehr Testosteron bedeutet weniger Östrogen. Zink gefiel mir, weil es die Hoffnung nährte, doch irgendwie auf natürlichem Weg fortpflanzungsfähig zu werden. Schützte die verzinkte Karosserie nicht auch meinen inzwischen ziemlich alten Audi vor Rost? Ich würde eine Extraportion davon nehmen.

Ein paar Tage später fiel mir der rosa Duracell-Hase ein, der in den Werbepausen der achtziger Jahre mit seinen plüschigen Ärmchen im Werbefernsehen mit anderen, nicht-rosa Hasen um die Wette trommelte. Als die anderen zuerst aus dem Rhythmus kamen und sie schließlich ganz aufgaben, schlug er unbeirrt weiter. Immer weiter. Die Verlierer-Hasen hatten keine Chance, weil sie ihren Saft nur aus »herkömmlichen Zink-Kohle-Batterien« bekamen. ZINK?

Plötzlich fühlte ich mich mit meiner Extraportion Zink wie der größte aller Verlierer-Hasen. Und es tröstete mich auch nicht, dass ich mich in rosa Klamotten sowieso noch nie wohl gefühlt hatte.

Der Spa-Zwang

Sonja, so erschien es mir, achtete in den Wochen nach meinem ersten Spermiogramm darauf, nicht mehr Zeit zu Hause zu verbringen als unbedingt nötig. Neben den Proben und Auftritten im eigenen Orchester nahm sie jedes Angebot an, um in anderen Orchestern auszuhelfen, egal wo in Deutschland. An manchen Abenden wusste ich nicht mehr, in welcher Stadt Sonja gerade war. Wenn sie mir per SMS die Telefonnummer des Hotels, in dem sie schlief, schickte, war die Vorwahl wenigstens ein Anhaltspunkt.

Wir telefonierten allabendlich oder manchmal auch in der Nacht, wenn sie nach dem Konzert mit den Musikern ausgegangen war, was öfter vorkam und mich bislang wenig gestört hatte. Ich neigte nicht zur Eifersucht, obwohl ich wusste, dass Affären unter Musikern nicht eben selten waren – man verbrachte einfach verdammt viel Zeit miteinander. Sonja gehörte zu den wenigen Musikern, die nicht mit einem Musiker zusammen waren. In meinen guten Momenten hat mich das stolz gemacht. In den schlechten unsicher.

Manchmal beschwerte sich Sonja, wie schade es doch sei, dass ich ihre Liebe zur Oper nicht teile. Sonja fing bei manchen Arien vor Rührung sogar an zu weinen – völlig egal ob sie im Auto Musik hörte, in der Küche oder im Konzertsaal. Ich weinte nie mit. Einmal konnte ich Sonja jedoch überraschen. Ich erkannte eine Arie bei Klassik-Radio: »Glück, das mir verblieb« aus der Oper »Die tote Stadt«. Ich verschwieg, dass ich sie vom Soundtrack von »Big Lebowsky« kannte.

Wenn Sonja doch mal zu Hause in Bochum war, dann hatte sie an drei Tagen so viele private Termine wie ich in zwei Wochen: Freundinnen, die sie »unbedingt mal wieder sehen« musste, ehemalige Kolleginnen aus dem Orchester, die nur gerade dann in der Stadt waren, die Nachbarin aus dem Studentenwohnheim von vor hundert Jahren, die bald ein Kind bekommen würde und die man nur jetzt noch einigermaßen entspannt treffen konnte. Seit wir uns kannten, fingen wir zum ersten Mal an, nebeneinanderher zu leben.

Natürlich fragte ich mich, ob Sonja einen Mann kennengelernt haben könnte. Einen, der kein Riesenproblem in der Hose hatte, sondern gesunde Eier wie ein echter Kerl. Vielleicht hätte sich Sonja jemanden gewünscht, der »Basta!« sagt wie Gerhard Schröder, nur anders als Gerhard Schröder im richtigen Moment: »Ich mache dir jetzt ein Kind, basta!« Wobei mir einfiel, dass Schröder meines Wissens keine eigenen Kinder gezeugt hat. Und das tröstete mich dann doch wieder ein bisschen.

Fast schon nebenbei meldete sich Sonja auch in einer Kinderwunschpraxis an. Sie sich. Nicht: wir uns.

Sonja hatte, um die ideale Praxis zu finden, ausführliche Gespräche mit unserer Nachbarin – das ganze Haus wusste inzwischen von meinem Problem – und mit ihrer Frauenärztin geführt und außerdem noch ein paar Bewertungsportale im Internet überprüft. Ich wurde der Form halber über ihre Wahl unterrichtet und gefragt, ob ich irgendwelche Einwände gegen diese Praxis hätte. Wie sollte ich? Ich wusste ja gar nicht, worauf es bei einer Kinderwunschpraxis ankommt. Ich wusste bis vor kurzem nicht einmal, dass es solche Praxen überhaupt gibt. Kinderwunschpraxis, das klang irgendwie nach Weihnachtsmann und Nikolaus. Ich hätte mit meiner großen Schwester Frauke darüber sprechen können, die Ärztin ist. Aber ich hatte noch keine Lust, sie einzuweihen. In einer Kinderwunschpraxis, so teilte mir Sonja immerhin mit, fanden sich alle Paare wie wir früher oder später wieder: Von der ersten Hormonbehandlung der Frau bis hin zur künstlichen Befruchtung würden die Ärzte in der Praxis alles versuchen, um uns bei der Zeugung eines Kindes zu helfen. Nun denn.

Sonja war geradezu euphorisch, als sie vom ersten Termin zurückkam. »Die sind alle total freundlich da, egal ob Ärzte oder Arzthelferinnen, und die Räume sind unglaublich hell, die Einrichtung ist nicht muffig, sondern modern und passt auch genau zu den Räumen. Die übrigens echt großzügig geschnitten sind, so viel freie Wand ist da, auf der sich die Augen ausruhen können. Das hat alles so gar nichts mit den Praxen zu tun, die man sonst kennt.«

Sonja war aufgekratzt. Ich war ganz ohne Zweifel eifersüchtig auf dieses Erlebnis. Ich wollte auch mal wieder euphorisch sein (der VfL Bochum gab in diesen Wochen nicht viel Anlass, mein Job wie immer auch nicht, und vor allem klebte an mir der Makel des nicht ganz vollkommenen Mannes). Aber was hätte ich tun sollen? Hätte ich mitgehen sollen in diese Praxis und an Sonja hängen sollen wie ein Dreijähriger an seiner Mutter? Ich hatte dort nichts zu tun, vorerst jedenfalls. Später würde ich dort Sperma abgeben dürfen, wenn es zu einer künstlichen Befruchtung oder Ähnlichem kommen sollte, aber das erführe ich schon noch früh genug, sagte Sonja.

Sonja benutzte einen neuen Stabilostift, um ihren Kalender zu bemalen: Violett war von nun an die Farbe für die Kinderwunschpraxis. Sehr sorgfältig trug sie sich die neuen Termine ein, die man ihr genannt hatte. Ich setzte mich neben sie und schaute zu. Ich wollte verstehen, warum sie wann in die Praxis musste, also fragte ich sie, und sie antwortete. Nur merken konnte ich mir das alles nicht. Es kamen einfach zu viele gynäkologische Fachbegriffe vor. Wenn ich deshalb in den folgenden Wochen nachfragte, was in der Praxis gerade so passierte, sagte sie: »Das hab ich dir doch alles schon erklärt.«

So stellte ich das Nachfragen einfach ein. Und wartete, bis sie mich in die Praxis schickte.

Zwei Wochen später war es so weit. Die total freundlichen Kinderwunschpraxisbetreiber wollten persönlich meine Spermien testen, um zu sehen, welche Behandlung für uns die beste sein würde. Natürlich vor Ort in den hellen Räumen. Ich fühlte mich bestens vorbereitet. Nicht ein einziges

Mal hatte ich meine Extraportion Zink vergessen. Ich hatte so gesund gelebt wie noch nie, nicht an Bio-Quark, Bio-Eiern und Bio-Milch gegeizt und in der Mittagspause brav meine geschälten Gurken, meine Paprika und Karotten verzehrt, sehr zum Amüsement meiner männlichen Kollegen. Den Kolleginnen bereitete ich wohl ein schlechtes Gewissen, jedenfalls schielten sie immer auf meine Plastikdosen, als wollten sie sagen: Das sollte ich eigentlich auch mal machen.

Es war ein Montag, als ich zum zweiten Mal in meinem Leben zur medizinischen Masturbation antreten durfte. Ich nahm Platz im Wartezimmer der Praxis, das tatsächlich um einiges freundlicher war als das von Dr. Meffen. Das gesamte Mobiliar war cremeweiß, die Stühle waren von Vitra, es sah aus, als wäre das hier der Geschäftssitz von Apple, nicht eine Praxis.

Die Frauen, die hier in der Mehrheit waren und mit mir warteten, schienen deutlich unverkrampfter als die Männer beim Urologen. Zwei von ihnen unterhielten sich so intensiv über Details ihrer nicht ganz reibungsfreien künstlichen Befruchtung, dass man hätte meinen können, sie kannten sich seit Jahren, wenn sie sich nicht gesiezt hätten. Bei Dr. Meffen war nicht mal ein unverfängliches Gespräch über Fußball oder das Wetter möglich, hier ging es gleich zur Sache.

In einer Ecke des Wartezimmers stand eine Espressomaschine. Espresso ist überall dort zu finden, wo sich Akademiker wohl fühlen sollen. Niemand bediente sich an der Maschine, und es war offenbar auch nicht ihr Zweck, benutzt zu werden. Sie sollte nur dastehen und signalisieren:

Alles wird gut. Oder könnte ein Espresso die Spermienqualität doch kurzfristig verbessern?, dachte ich. Kippen nicht Radrennfahrer, die schneller sein, sich aber nicht mit Epo dopen wollen, nicht auch ein paar Espressi vor dem Start? Und war es nicht gerade um die Schnelligkeit meiner Spermien besonders schlecht bestellt? Vielleicht würde ja Koffein ihre defekten Köpfe wieder in Schwung bringen.

Ich war gerade dabei, den Wassertank zu befüllen, als mir eine Stimme aus dem Lautsprecher den Auftrag erteilte, mich ins Zimmer 12 zu begeben. Ich fühlte mich augenblicklich daran erinnert, wie ich als Kind manchmal zur Information gerufen wurde, weil ich meiner Mutter verlorengegangen war. Zimmer 12, dachte ich, das klingt netter als: »Der kleine Felix bitte ins Wichszimmer.« Die weibliche Mehrheit im Wartezimmer wusste vermutlich dennoch, wohin der kleine Felix bestellt war.

Da die Räume nummeriert waren und ich die Zahlen bis hundert relativ fehlerfrei beherrsche, schaffte ich es diesmal auf Anhieb ins richtige Zimmer: Hier stand ein Sessel, dessen abwischbare Oberfläche zusätzlich mit einem Einmalbezug aus Papier geschützt war. Dem Sessel gegenüber hingen an der Wand vier Poster mit gut ausgestatteten Tittenmädchen, die den Mund halb geöffnet hatten. Ich überlegte, wer wohl für die Deko in diesem Raum zuständig war. Der älteste unter den Ärzten? Oder stimmten alle gemeinsam über das Girl der Woche ab? Ob es Zufall war, dass drei der vier Nackten blond waren? Hatten Tests ergeben, dass das die Verweildauer in diesem Zimmer reduzierte und das Spermienergebnis verbesserte?

Wenn ich auf zu absurde Gedanken komme, wird es immer Zeit, dass ich mich wieder fokussiere. Also nahm ich den Flachbildfernseher samt DVD-Anlage in Augenschein und überlegte, ob ich mir lieber gleich einen Pornofilm anschauen sollte. Ich entschied mich für: nur im Notfall. Und setzte mich erst mal in den Sessel. Auf der Ablage links daneben fand ich eine Reihe Pornohefte vor. Ich blätterte ein paar davon durch. Die Auswahl der Publikationen schien mir fast liebevoll. Es war an alles und jeden gedacht, nicht nur an den Freund blonder Frauen. Trotzdem fremdelte ich ein wenig. Das hatte sicher auch damit zu tun, dass mich die Schwänze der männlichen Darsteller ziemlich einschüchterten. Vor allem gehörte ich mit meinen dreiunddreißig Jahren nicht zu der Generation, die mit Internet und YouPorn aufgewachsen war. Und an Heftchen mit Schmuddelkram, an denen ich im Alter von fünfzehn bis achtzehn durchaus interessiert gewesen wäre, war bis auf ganz wenige Zufallsfunde (im elterlichen Schlafzimmer eines Freundes, im Altpapierhaufen eines Nachbarn) kein Rankommen. Darum hatte ich mir schon in jungen Jahren angewöhnt, allein mit meiner Phantasie klarzukommen.

Nur, diese Frage stellte sich in Raum 12 ziemlich dringend, mit welcher Phantasie? Sollte ich an Sonja denken? Das erschien mir unfein, warum, weiß ich auch nicht, schließlich wollten wir ja beide ein Kind.

Um Zeit zu schinden, zog ich erst einmal Schuhe und Hose aus und setzte mich dann wieder. Dann machte ich einen Fehler: Ich schaute an mir herunter. Ich sah meine schwarzen Socken und meine bleichen Beine und fand, dass ich ein jämmerliches Bild abgab, erst recht im Onanierstübchen einer Kinderwunschpraxis. Eilig streifte ich die Strümpfe von den Füßen, was das Gesamtbild aber nur wenig verbesserte. Der Becher stand griffbereit und ohne Deckel zwischen meinen Beinen. Es regte sich nichts.

Musik hätte mir jetzt gefallen, von mir aus auch etwas Plumpes, Jane Birkins *Je t'aime* oder so. Dummerweise hatte ich auch meinen iPod im Wartezimmer vergessen, und ich wollte auf keinen Fall dorthin zurück, weil dann alle gedacht hätten: Aha, seht, der Herr kann nicht ohne seine Musik.

Ich starrte auf den Becher, auf dem mein Name stand und mein Geburtsdatum. Waren nicht auch Zahnspangendosen so beschriftet? Ich fühlte mich plötzlich sehr kindlich und war alles andere als in der Stimmung, mir einen runterzuholen wie ein Großer.

Schließlich angelte ich mir das Magazin, das am wenigsten abgegriffen war. Ich las eine Fotogeschichte über zwei nordische Schönheiten, die auf männliche Unterstützung verzichteten und mit sich selbst beschäftigt waren. Sie behalfen sich jedoch, je weiter die Handlung fortschritt, mit diversen Hilfsmitteln, die dem männlichen Geschlecht sehr nahekamen. Ohne uns geht es wohl doch nicht ganz, dachte ich. Die Blondinen und ich kamen gleichzeitig auf Seite neunzehn.

Sechs Tage später erfuhr ich das Ergebnis. Nachdem es zuerst Sonja erfahren hatte. Ich hatte keinen Patientenstatus in der Praxis, den hatte Sonja, ich war nur der Samenspender. Nur nach Einspruch hätte ich das »Erstmitteilungsrecht« zuerkannt bekommen, so hieß das juristisch. Das war natürlich zu aufwendig und außerdem ein bisschen albern, weil ich Sonja natürlich vertraue. Trotzdem: Von der Gleichberechtigung des Mannes scheinen deutsche Kinderwunschpraxen noch weit entfernt.

Als Sonja von ihrem Praxisbesuch nach Hause kam, wartete ich auf sie, so ungeduldig wie ein Fünfjähriger auf den Nikolaus.

»Na, wie war dein Tag?«, fragte ich möglichst beiläufig, damit sie nicht dachte, dass ich wie ein Fünfjähriger auf den Nikolaus gewartet hatte.

Sie antwortete nicht auf meine Frage.

»Ich habe eine gute und eine schlechte Nachricht für dich«, sagte sie, und es klang, als hätte sie sich den Satz schon vorher überlegt, um es mir nicht zu schwer zu machen.

Scheiße, dachte ich.

»Ich nehme mal an, meine Spermien sind super, aber das Auto verliert Öl«, antwortete ich, nachdem ich mich gefangen hatte.

»Fast. Es verliert kein Öl, aber der Vergaser ist im Eimer.«

Ich legte einfach nur den Kopf schief.

Sonja holte tief Luft. »Also. Die gute Nachricht ist: Deine Werte haben sich alle verbessert, sogar ziemlich deutlich«, sagte sie und machte eine Pause. »Aber: Es ist noch immer unwahrscheinlich, dass es bei uns auf natürliche Weise klappt.«

»Du meinst: unmöglich.«

»So gut wie, ja.«

Okay, war ja irgendwie klar, dachte ich. Und sah dabei wohl ziemlich trübsinnig aus.

Sonja nahm meine Hand. »Du bleibst ja mein Mann. Mein großer. Mein toller. Mein einziger.«

Der fürsorgliche Ton in ihrer Stimme missfiel mir, aber der Körperkontakt war angenehm.

Sie reichte mir mein zweites Spermienzeugnis. Ich hatte bestenfalls eine Fünf bekommen. Die Beweglichkeit meiner Jungs war zwar um mehr als die Hälfte gestiegen, aber sie waren noch immer drei Viertel unter dem Normwert der Weltgesundheitsorganisation. Die Kopfdefekte waren zwar gesunken, aber nur von 93 auf 90 Prozent. Ich hatte versagt.

Am wenigsten wollte ich jetzt den Satz hören: »Es gibt ja immer noch das dritte Spermiogramm.« Und danach? Das vierte, fünfte, hundertste? Wozu? Ich hatte überhaupt keine Lust mehr, meine Spermien weiter auf die Probe zu stellen. Sie waren Müll. Ich wusste es, Sonja wusste es. Wir mussten meine Spermien nicht noch weiter demütigen. Man bringt einem Nichtschwimmer das Kraulen auch nicht bei, indem man ihn jedes Mal, nachdem er halb abgesoffen ist, wieder ins Becken stößt.

In den nächsten Tagen war Sonja netter zu mir, als mir lieb war. Wo war mein Wille geblieben, meine Spermien wie Felix Magath zum Erfolg zu schinden? Meine Bemühungen waren allenfalls was für die Kreisliga. Ich knallte die Zinktabletten in die Ecke.

Wie aus heiterem Himmel fiel mir an einem Donnerstagmorgen eine Sache ein, die ich verbessern konnte: Ich brauchte noch mehr Ruhe. Nicht, dass ich überarbeitet gewesen wäre vor dem letzten Test, aber bei alldem innerlichen Zeugungsstress war ich auch nicht wirklich entspannt. Also buchte ich gleich für den nächsten Tag ein Spa-Wochenende, um für den nächsten Mittwoch und das dritte Spermiogramm zumindest seelisch ausgeschlafen zu sein.

Sonja fast drei Tage am Stück nackt zu sehen führte dazu, dass ich große Lust bekam, mit ihr zu schlafen. Wohl zum ersten Mal nach meiner Diagnose hatte ich keine Reproduktionsstörungen, keine Kinder und keine Minderwertigkeitsprobleme im Kopf, sondern einfach nur Lust auf Sex. Aber der Arzt hatte Sonja erklärt, und sie erklärte es jetzt mir, dass wir vier Tage vor dem Spermiogramm wieder keinen Sex haben sollten. Die Spermien sollten sich schonen.

Geschonter sind Spermien wahrscheinlich nie zu einem Spermiogramm angetreten, aber ich hatte so meine Zweifel, ob sie in Form waren. Wer ist schon in Form, wenn er sich nie richtig austoben darf?

Vielleicht waren sie jetzt auch zu entspannt. Jedenfalls lieferten sie das schlechteste Ergebnis überhaupt. Sie bewegten sich gar nicht mehr. Sie hatten das Schwimmen komplett eingestellt, als hätten sich die vormals noch beweglichen einem umfassenden Streik angeschlossen. Sie spielten jetzt alle gegen mich, ihren Trainer. Magaths Spieler saßen auf dem Rasen und rauchten Shisha.

Östrogene, Zink, das gesunde Essen, der Spa-Miniurlaub, alles war umsonst gewesen. Ich nahm die Östrogenhemmer aus meinem Nachtschrank und warf sie in den Restmülleimer, auch wenn ich wusste, dass sie da eigentlich nicht hingehörten.

Sonja bekam ein paar Tage später ihr persönliches, überraschungsfreies Ergebnis: Ihr Zyklus drehte sich einwandfrei. Alle ihre Werte waren top. Immerhin war es so wahrscheinlicher, dass wir überhaupt ein Kind bekommen würden, als wenn wir beide unfruchtbar gewesen wären. Ich konnte mich trotzdem nicht freuen.

Aber ich hatte es jetzt schwarz auf weiß: Mit sehr vielen anderen Männern hätte sie auf Anhieb ein Kind zeugen können. Mit mir nicht.

Ich war jetzt höchstoffiziell Mister Not Perfect.

Forschertrieb

Was ich noch schlimmer fand als kaputte Spermien zu produzieren, war, nicht zu wissen, *warum* ich kaputte Spermien produzierte. Warum geht ein Fußballspiel verloren? Warum scheitert eine Beziehung? Warum fährt mein Computer nicht mehr hoch? Auf solch große Fragen möchte ich Antworten haben. Auch damit ich weiß, wie das nächste Fußballspiel gewonnen werden kann, die nächste Beziehung ewig dauert und der nächste Computer länger flott bleibt.

Okay, es würde keine nächsten Hoden in einem nächsten Leben geben, ich bin ja kein Buddhist. Aber ich war es nun mal gewohnt, nach Ursachen zu fragen. Wenn mich, was einige Male vorkam, Frauen verließen, fühlte ich mich immer dann am hilflosesten, wenn ich nicht wusste, warum. Am schlimmsten war es, als mir eine der Frauen sagte, sie wisse auch nicht, warum es vorbei sei. Da habe ich laut gerufen: »Warum trennen wir uns dann? Du kennst den Fehler nicht, ich kenne ihn nicht. Vielleicht gibt es ja gar keinen?« Ich schlug ihr so lange mögliche Gründe für das Scheitern vor, bis sie irgendwann beim siebten oder achten Grund sagte: »Ja, könnte schon sein.« Am Ergebnis hat das nichts geändert.

Wer die Ursache kennt, fühlt sich ein bisschen weniger als Opfer. Deshalb wollte ich möglichst genau wissen, warum meine Spermien so schlapp waren. Auch wenn das nicht mehr das mindeste an ihrer Qualität änderte.

Ist das bescheuert? Kann sein. Vor allem weil Dr. Meffen beim ersten Spermientest gesagt hatte, dass man wohl nie herausfinden würde, woran es lag. Und von meiner Schwester, die als Ärztin im Krankenhaus arbeitete, wusste ich, dass es kaum Lästigeres gibt als Patienten, die sich selbst auf die Suche nach Krankheiten oder deren Ursachen machen. Trotzdem war mir von der ersten Minute der Diagnose »Spermmüll« an klar, dass ich irgendwann, wenn ich mich stark genug fühlte, nach den Gründen suchen würde. So wie man weiß, dass man sich hin und wieder nackte oder halbnackte Frauen im Internet anschaut, auch wenn man weiß, dass es idiotisch ist.

Als Sonja abends wieder mal eine Probe hatte, setzte ich mich vor den PC und googelte los. Ich wollte »Gründe Impotenz« in die Suchmaske eingeben. Gerade bei »Gründe I« angekommen, riet das Programm schon fröhlich drauflos, wonach ich suchen könnte: Gründe Irakkrieg, Gründe Inflation, Gründe Insolvenz, Gründe Imperialismus, Gründe Ingenieur zu werden, Gründe Irlandkrise, Gründe ins Ausland zu gehen. Impotenz stand nicht auf der Liste. Aber sie würde gut hineinpassen, fand ich, denn außer den Gründen, ins Ausland zu gehen, waren alle anderen I-Wörter Problemwörter, auch Ingenieur werden ja eher Männer mit sozialen Schwierigkeiten.

Ich dachte darüber nach, warum die Firma Apple sich

ausgerechnet für den Buchstaben i entschieden hatte, um ihren Pods, Phones und Pads einen Produktnamen zu geben. Vielleicht ist es gerade dieser Mut, der Apple zumindest bei den Männern meiner Altersklasse so populär gemacht hatte. Jedenfalls sucht offenbar niemand nach »Gründe iphone kaufen«. Die kennen alle.

Google empfahl mir als ersten Treffer die Seite der Zeitschrift *Men's Health*, wo ich jedoch nur kurz verweilte. Ich hatte mir die Zeitschrift nie gekauft, wahrscheinlich weil die Bauchmuskeln der dort abgebildeten Typen meinem Bauch so ähnelten wie meine Füße denen von Kylie Minogue.

Die Seite impotenz-selbsthilfe.de sah aus, als wäre sie 1995 programmiert worden, nüchtern, traurig und unübersichtlich. Auch schnell weg damit. Mein Bedarf an Deprimierendem war seit der Kopfdefektdiagnose mehr als gedeckt.

Schon besser gefiel mir der netdoktor.de, welcher im Fall der Zeugungsschwäche eine Netdoktorin war, eine Urologin, um genau zu sein. In die Praxis einer weiblichen Fachkraft für männliche Geschlechtsorgane hätte ich mich nicht gewagt, aber im Internet war das okay.

Schließlich entdeckte ich pflege-deinen-schwanz.de. Die Seite forderte mich auf, meinem Sexualorgan einen Namen zu geben, der in den folgenden Texten automatisch eingefügt würde. Ich hatte die Wahl zwischen »Gemächt«, »Glied«, »Johannes«, »Penis« und »Schwanz«. Ich wollte aber dem Körperteil, das mir gerade so viel Kummer bereitete, nicht auch noch einen Namen geben, also klickte ich keinen an. Ich hätte auch nicht gewusst, welchen. Am ehesten vielleicht noch »Gemächt«, weil es etwas Ironisch-

Distanziertes hatte. Alles andere war vollkommen inakzeptabel: Glied und Penis, das sagten wir als Kinder bis zur siebten Klasse. Johannes hieß ein Kollege, und Schwanz war etwas für Pornos. Ich verzieh der Aids-Hilfe Dresden e.V. und der Beratungsstelle für Aids und übertragbare Krankheiten des Gesundheitsamtes Dresden, die die Seite gemeinsam betreuen, und las interessiert weiter.

So weit war es also mit mir gekommen: Ich fühlte mich plötzlich wohl in einer virtuellen Männergruppe der Aids-Hilfe. Wobei die Seite tatsächlich nur informierte, auf Chats, Foren oder andere Austauschmöglichkeiten wurde zum Glück verzichtet. Ich konnte mich also ganz alleine umsehen, ohne mit jemandem reden zu müssen.

Überhaupt war die Website trotz des eigenartigen Namens grundsolide. Mir gefiel der feuerrote Hintergrund. Wenn schon Schlappschwanz, dann auffallen, dachte ich. Passenderweise war Rot eine meiner Lieblingsfarben. Nicht umsonst trug ich eine rote Uhr größeren Ausmaßes am Handgelenk spazieren, und das abwechselnd in drei Paar roten Turnschuhen verschiedener Hersteller. Freunde hatten mir mal zu verstehen gegeben, dass die ganz große Zeit von Knallrot schon länger vorbei sei, aber ich bin nun mal aus dem Alter raus, wo man einer Farbe untreu wird, nur weil sie in die Jahre kommt.

Die Beiträge zum Thema Zeugungsunfähigkeit hatte ein gewisser Professor Sommer geschrieben. Hatte sich Doktor Sommer, der Bravo-Sexberater und geistige Übervater der Generation Petting, inzwischen habilitieren lassen und beriet nun die Next Generation?

Jedenfalls betreibt Professor Sommer auch eine eigene Seite, maennergesundheit.info, aber von dort habe ich mich mit einem eiligen Klick auf den Zurück-Pfeil meines Browsers schnell wieder aus dem Staub gemacht. Dort wurde jeder Seitenbesucher nämlich als Erstes aufgeklärt, wie groß ein Penis zu sein hat, und sogleich mit der Info beruhigt: »Schwellkörperimplantation ist Kassenleistung.« Damit wollte ich nun wirklich nichts zu tun haben.

Ich hatte mir schon vor Wochen, als sich die anstehende Recherche in meinem Kopf anbahnte, einen Ringblock, kariert, von Clairefontaine gekauft, auf dessen Deckel schrieb ich jetzt mit einem Edding in Großbuchstaben »URSACHEN«. Das gab mir ein bisschen Sicherheit. Listen anzufertigen beruhigt mich. Ich hatte schon früher bei potentiell weitreichenden Einschnitten in mein gewohntes Leben solche Listen geschrieben, z. B. »Eigenschaften, die meine nächste Freundin haben sollte« oder »Weshalb es gut ist, dass sie mich verlassen hat«. Eine andere Liste hieß: »Was ich mache, wenn ich in den nächsten Monaten keinen Job finde«.

Ich hatte schon den unbeschriebenen Block in meinem Sekretär unter der Bankkorrespondenz versteckt, um ihn von Sonja fernzuhalten. Ich wollte nicht, dass sie mich fragt, wofür der ist, und mich nach meiner ehrlichen Antwort für verjammert hielt. Wo ich gerade jetzt doch besonders männlich sein musste. Oder zumindest tapfer.

Drei Gründe hatte Dr. Meffen als Ursache ausgeschlossen: Penisbruch, Hodenhochstand und Zeugungsunfähigkeit infolge von Mumps. Ansonsten war noch alles drin. Ich klappte den Block auf und notierte den ersten möglichen Grund: »Sportunfälle«.

Als Junge hatte ich den Ball immer mal wieder auf meine »empfindlichste Stelle« gekriegt, wie das Mütter und Fußballreporter meist nennen. Ich schätze, das ist bestimmt zehn- oder zwölfmal passiert. Es tat jedes Mal höllisch weh, ich krümmte mich, mir wurde schlecht, und ich konnte mir schlimmere Schmerzen nicht vorstellen. Dass ich davon impotent werden könnte, wusste ich damals nicht, auch wenn wir alle jedem so unglücklich Getroffenen zuriefen: »Jetzt sind deine Eier Matsch« oder »Familienplanung am Arsch«. Irgendwie konnte ich noch immer nicht daran glauben. So viele Männer spielen Fußball, eigentlich fast alle, und es werden weiterhin dauernd Kinder geboren. Ich schrieb hinter »Sportunfälle«: »10 Prozent«. So groß maximal schätzte ich die Wahrscheinlichkeit, dass sie schuld an meinem aktuellen Versagen waren.

Hinter »Tabak« wollte ich gleich eine Null schreiben, weil ich nur ein einziges Mal auf Lunge geraucht hatte, in der neunten Klasse auf der Schultoilette. Aber dann fiel mir mein Vater ein. Er raucht, seit ich denken kann. Der Rauch hatte schwer in der Luft meiner Kindheit gehangen und dünstete aus den Sofakissen, über die ich meine Playmobil-Polizisten spazieren führte. Das waren die frühen achtziger Jahre, ohne Fahrradhelme, Bionahrung und Gurtpflicht. Fast wundere ich mich, wie ich diese Kindheit überhaupt überleben konnte. Mein Vater hörte erst auf, in der Wohnung zu rauchen, als meine große Schwester ihm die erste Enkeltochter geschenkt hatte. Seither raucht er auf der

Terrasse. Für mich kam das allerdings zu spät. Ich notierte wieder: »10 Prozent«.

Zur »Fettleibigkeit« erklärte mir die Netdoktorin, dass jedes Kilo, das das Idealgewicht überschreitet, das Risiko erhöhe, schlechte Spermien zu haben. Ich dachte kurz an Helmut Kohl und seine beiden Söhne. Wahrscheinlich eine Ausnahme. Ich habe einen kleinen Bauch, den einige Frauen angeblich »süß« finden, weshalb er sich nicht abzuhungern lohnt, und meine Hüften sind so gut gepolstert, dass ein Freund sie »Bumsgriffe« nannte, als wir im Schwimmbad waren. Aber mein Body-Mass-Index lag bei siebenundzwanzig und ein paar Zerquetschten. Keine Traumfigur wie bei den Herren von *Men's Health*, aber eben auch nur ein bisschen Übergewicht. Ich trug eine Fünf in meine Liste ein.

»Zu wenig Bewegungsfreiheit« bekam ebenfalls eine Null, denn ich war nie ein Freund von Röhrenjeans, die in den achtziger Jahren vor allem von Heavy-Metal-Freunden geschätzt wurden. Ich hörte damals New Model Army, Grönemeyer und Element of Crime in tendenziell weiten Hosen der Marke Diesel.

Als nächsten Punkt notierte ich »Fahrradfahren« und dachte: Oje! Fahrradfahren mag eine gute Sache fürs Weltklima, fürs Gewissen und für den einen oder anderen Muskel sein. Für die Sexualorgane des Mannes hingegen ist es die Pest. Ich kannte das taube Gefühl zwischen den Beinen während ausgedehnter Radtouren und hatte mich schon immer gefragt, ob das gesund sein konnte. Zu meiner Überraschung las ich nun jedoch, dass man jährlich mehrere Tausend Kilometer mit dem Rad fahren müsste, um dadurch ernsthaft Schaden zu nehmen. Und auf so viele Kilometer kam ich bei allem Willen zum sportlichen Selbstbetrug nicht. Trotzdem trug ich immerhin »5 Prozent« ein, um es mit dem Optimismus nicht zu übertreiben.

Beim nächsten Punkt auf der Internetliste machte ich erst einmal große Augen: Der lautete »Rindfleischverzehr der Mutter«. Erstens wäre ich auf so was nie gekommen, zweitens hatte ich natürlich keine Ahnung, was bei meinen Eltern vor meiner Geburt so auf den Tisch gekommen war. Jetzt las ich von der Theorie, dass Schwangere, die zu viel Fleisch von Rindern essen, die mit Wachstumshormonen gemästet wurden, Söhne gebären, die als Mann unfruchtbar sind. Ich rief meine Mutter an, die mein Problem noch nicht kannte.

»Sag mal, Mutter, hast du früher besonders gerne Rindfleisch gegessen?«

Ich konnte das Fragezeichen in ihrem Gesicht sehen. »Wann früher meinst du denn?«, stellte sie nach kurzer Schweigezeit die am zweitnächsten liegende Rückfrage.

»So in den Siebzigern.«

»Warum willst du wissen, wie viel Rindfleisch ich vor über dreißig Jahren gegessen habe?«

Kam sie also doch noch zum entscheidenden Thema. Dem es erst einmal auszuweichen galt: »Nur mal so. Hab da was gelesen ... dass das nicht gesund sein soll.«

Sie überlegte offenbar wieder. »Was meinst du mit: viel?«

»Na, so jeden Tag eine Portion.« Das war im Internet als kritischer Wert angegeben.

»Jeden Tag?« Sie klang, als hätte ich sie nach Heroinkonsum gefragt. »Natürlich nicht. Das hätten wir uns doch auch gar nicht leisten können. Niemand isst jeden Tag Rindfleisch.«

»Und Schwein?«

»Natürlich auch nicht jeden Tag. So viel Fleisch ist doch ungesund. Wieso fragst du so komische Sachen?«

Sie klang jetzt besorgt. Aber ich wollte mein Geheimnis noch nicht preisgeben und lenkte das Thema schnell auf den baldigen Geburtstag meiner Schwester. Nach dem Auflegen schrieb ich auch hinter »Rindfleisch« erleichtert eine Null.

Keiner Ursache hatte ich bislang mehr als zehn Prozent gegeben, und es standen nur noch drei auf meinem Block: »Handy«, »Umweltgifte« und »Psyche«.

Hinter »Handy« malte ich gleich eine 99. Kaum ein Mann dürfte seit 1995 so lange ein Handy in der Hosentasche getragen haben wie ich. Ich hatte nicht nur zu den Ersten gezählt, die ein Handy besaßen, ich hatte auch eine Flatrate, als es das Wort in Deutschland noch gar nicht gab. Damals hatte ich als Student für Ericsson gearbeitet, und die stellten mir nicht nur ein Gerät zur Verfügung, ich durfte auch so viel telefonieren, wie ich wollte. Von diesem für die mittleren neunziger Jahre absolut seltenen Privileg habe ich ausgiebig Gebrauch gemacht. Dank meines Handys fühlte ich mich ein wenig meiner Zeit voraus. Ein solch zukunftsweisendes Gerät stärkte das Selbstbewusstsein, und genau darum trugen in den Anfangszeiten ja auch so viele ihr mobiles Telefon stolz in einer kleinen Tasche am Gürtel. Hätte ich wohl auch mal besser gemacht.

Mit »Umweltgiften« waren vor allem Pestizide gemeint – und Weichmacher. Die Dinger heißen ja schon so: Weichmacher sind also gar nicht gut für die Männlichkeit. Sie wirken im Körper wie weibliche Hormone. Da ich, wie gesagt, vorher nie im Bioladen, sondern fast immer bei Aldi eingekauft hatte und da es mir bis vor kurzem vollkommen egal war, ob das Mineralwasser oder der Orangensaft aus der Plastikflasche kamen oder aus der Glasflasche, gab ich mir in dieser Kategorie 90 Prozent. Die billigen Flip-Flops, die ich mir letzten Sommer in Südfrankreich gekauft hatte, waren sicher auch ein einziger Weichmacher-Teppich.

Blieb noch die »Psyche«. Dass ich ein Sensibelchen sein könnte, was die Manneskraft anbelangt, hatte ich schon manches Mal befürchtet, aber jetzt, da ich meine Diagnose kannte, erschien es mir ziemlich einleuchtend, dass auch der seelische Teil meines Gesamtzustands Auswirkungen auf meine Spermien haben könnte. Wann immer ich Stress hatte, egal ob im Büro oder privat, verging mir die Lust auf Sex. Schon Tage vor einem wichtigen Präsentationstermin war an Sex nicht zu denken, im Studium war das vor Prüfungen nicht anders gewesen.

Auf den Medizinseiten im Internet wird an jeder Ecke damit gedroht, dass Charaktereigenschaften wie »geringe Dominanz« das Risiko erhöhen, unter Erektionsschwäche zu leiden. Ich dachte daran, dass ich Sonja oft das letzte Wort ließ, zuletzt bei der Auswahl des Parketts. War das damit gemeint? Andererseits hatte ich ja keine Erektionsstörung. Wer sogar beim Urologen ohne allzu große Wartezeiten eine Erektion bekommt, muss sich um seine Psyche eigentlich keine Gedanken machen. Trotzdem einigte ich mich sicherheitshalber auf eine 40.

Wer also war schuld an meiner Männlichkeitskrise? Vor allem das Handy in meiner Jeans, ein paar Umweltgifte namens Weichmacher und vielleicht der Umstand, dass ich kein Alphamännchen war.

War ich jetzt schlauer? Nein. Ging es mir besser? Nein.

Aufklärungsgespräche

»Wem hast du schon davon erzählt?«, fragte mich Sonja an einem der nächsten Tage, sie war gerade aus Stuttgart zurückgekommen, wo sie im Orchester ausgeholfen hatte. Ich hantierte gerade mit meiner Espressomaschine. Ihre Frage kam ein bisschen aus dem Nichts, und es schien mir, als habe sie beabsichtigt, mich zu überrumpeln.

»Na ja, also der Kleinchef weiß es schon mal ...« Ich zögerte. Ich merkte, dass der Witz, der auch nur zur Hälfte als Witz gemeint war, nicht gut ankam.

»Ich fasse es nicht.« Sonjas Wangen verfärbten sich. Dabei hätte sie wissen müssen, was ich antworten würde. Sie kannte die Antwort auf ihre Frage doch schon, bevor sie sie gestellt hatte. Dass ich wie sie offen und locker mit jedem über meine kraftlosen Ergüsse reden würde – war das nicht ein bisschen viel verlangt? »Was ist mit deinen Eltern? Deiner Schwester? Mit Jörg?«

Ich sagte lieber nichts und stopfte mit festem Druck den gemahlenen Espresso in den Siebträger. Im Idealfall sollte man die Gewichtskraft von zwanzig Kilo aufbringen. Ich war bestimmt mindestens bei fünfundzwanzig.

»Mensch, Felix, es kann doch nicht sein, dass alleine die

Frauen das Reden übernehmen. Willst du ein Versteckspiel veranstalten? Ich will mit meinen Freundinnen und mit meiner Familie darüber reden können.«

Sie hatte vermutlich recht. Ich wollte die Menschen, die mir nahestehen, längst angerufen oder besucht haben. Mit so einer Diagnose sollte man nicht alleine bleiben. Aber so leicht es mir fiel, die Frage, warum ich beim Arzt war, ehrlich zu beantworten, so schwer fiel es mir, zum Hörer zu greifen und das Problem selbst zur Sprache zu bringen. Ich fand es peinlicher, als ich dachte.

Als wir vor einem Jahr beschlossen, ein Kind zu zeugen, sah ich die Situation schon vor mir, wie ich allen stolz verkünden würde: »Übrigens, wir bekommen Nachwuchs.« Dann Applaus. Umarmungen, Rührung. Für die neue Situation gab es keine bekannte Dramaturgie.

Ich beschloss, mit meiner großen Schwester anzufangen. Sie ist Ärtzin, das würde das einfachste Gespräch werden. Die Ärzte, die ich kenne, lieben es, über Peinliches zu sprechen. Sie sprechen von seltsamen Hautausschlägen und Pickeln an ungewöhnlichen Körperstellen im gleichen Ton wie unsereins über die Landtagswahlen in Rheinland-Pfalz. Außerdem hatte ich nie große Geheimnisse vor Frauke und hatte sogar bis vor kurzem eine Wohnung mit ihr geteilt.

Frauke stand also als Erstkontakt meiner Coming-out-Tour fest, jetzt musste ich nur noch auf den richtigen Zeitpunkt warten. Ein paar Tage später rief sie mich wegen Konzertkarten an, die Sonja für sie und Peter besorgen sollte. Und vergaß nicht zu fragen, ob ich, falls es klappte mit den Karten, an dem Abend den Babysitter spielen würde.

Ich sagte: »Klar, mach ich. Und was ich dir längst schon mal erzählen wollte: Es gibt ein Problem mit meinen Spermien.«

»Welches denn?« Sie sagte das fast beiläufig, jedenfalls komplett unaufgeregt. So wie ich mir erhofft hatte.

»Sie wollen nicht schwimmen. Absolute Nichtschwimmer. Bewegen sich nicht vom Fleck. Sieht so aus, als können wir keine Kinder kriegen.«

Frauke übertrieb es auch nach dieser erschütternden Botschaft nicht mit dem Mitgefühl: »Aha. Und was sollst du jetzt machen? Was hat denn der Urologe gesagt?«

»Ich soll Zinktabletten nehmen.«

»Schaden kann das nicht. Aber helfen wird das wahrscheinlich auch nicht.« Als Beleg ihrer These zählte sie gleich zwei Männer auf, die sie persönlich kannte, bei denen Zink zu rein gar nichts geführt hatte.

Na wunderbar! Die hohe Schule der Diplomatie hatte Frauke einfach nicht besucht.

»Was würdest du denn an meiner Stelle machen?«, fragte ich nach.

»Zink schlucken.« Sie lachte. Dann schwieg sie eine Weile und sagte: »Na, das wird schon.« Ihre Stimme war jetzt tatsächlich weicher. »Bei denen, die ich dir eben aufgezählt hab, hat es am Ende ja geklappt. Die haben dann halt anders nachgeholfen.«

Ich hätte mich gern von ihrem Optimismus anstecken lassen, nur fiel mir leider gleich das Ärztepärchen ein, das immer ein bisschen melancholisch guckt. »Du meinst, außer bei Thomas und Bettina«, hielt ich ihr dann auch prompt entgegen.

Sie schwieg kurz. »Stimmt«, sagte sie dann. »Aber weißt du, wie alt die beiden sind? Ihr seid ja noch jung.« Die beiden waren Ende dreißig, kaum fünf Jahre älter als wir.

Okay, eine wusste nun schon mal Bescheid. Aber dafür dachte ich jetzt auch noch an meine biologische Uhr, von der ich bis vor kurzem nicht einmal wusste, dass es sie gibt. Die tickende Uhr, das war eindeutig Frauensache.

Bislang hatte ich mit der Vorstellung gelebt, dass Männer, wenn sie alt werden, nicht nur noch sehr junge Frauen erobern können, sondern diese, wenn sie wollen, auch nach Belieben schwängern. Hatte nicht Franz Beckenbauer vor wenigen Jahren noch ein Kind gezeugt? Quasi im Vorbeigehen, während einer Weihnachtsfeier? Er hatte sicher nicht Wochen vorher kiloweise Zink geschluckt. Und erklären mir die Frauen, die ich kenne, nicht ausnahmslos, wie ungerecht es ist, dass sie mit den Jahren nicht nur immer unattraktiver, sondern auch immer unfruchtbarer werden, während wir Männer, sobald wir graue Haare bekommen, immer attraktiver werden und einfach »immer können«? Meine männlichen Freunde und ich, alle jenseits der dreißig, wir lebten sehr gut mit der George-Clooney-Lüge. Er ist das größte männliche Sexsymbol unserer Zeit und immerhin noch zehn Jahre älter als wir. George Clooney sagt uns: He, Junge, lass dir Zeit. Du kannst sie alle noch haben. Und er zwinkert uns zu: Klar, so richtig fahren die Frauen erst auf mich ab, seit ich graue Haare habe. Hat der eigentlich Kinder?

Jeder Mediziner weiß, dass die Fruchtbarkeitskurve spätestens ab vierzig schneller nach unten geht als die Beliebtheitskurve von Guido Westerwelle nach der Ernennung zum Außenminister. Trotzdem gibt es innerhalb der Prominenz keinen einzigen frischgebackenen Vater im Seniorenalter, der *Bild* oder *Gala* geflüstert hätte: »Übrigens, das Kind ist im Reagenzglas zustande gekommen, weil meine Spermien so schlapp sind.« Dabei hätten beide Blätter für ein solches Geständnis ganz sicher ihre Titelseite freigeräumt. Zeugungsschwäche oder gar Zeugungsunfähigkeit preiszugeben ist heute so skandalös, wie es im Jahr 1971 war, vom *Stern* herunter zu sagen: »Wir haben abgetrieben!«

Vielleicht brachte mich ja Jörg auf andere Gedanken, wenn ich ihn einweihte. Ich beschloss, ihn auf Platz zwei meiner Coming-out-Liste zu setzen, bevor ich mich an das Sohn-Eltern-Gespräch wagte. Jörg wohnte seit Kindertagen nach wie vor in jener kleinen Stadt im Saarland, in der ich aufgewachsen bin.

Manchmal vermisste ich in Bochum die saarländischen Hügel, die wir immer »Berge« genannt hatten, und die Mischwälder, die im Ruhrpott deutlich in der Unterzahl waren, auch wenn er natürlich viel grüner ist als sein Klischee. Also konzentrierte ich mich bei meiner Reise in die alte Heimat, die allein dem Zweck diente, mein Zeugungsproblem zu offenbaren, auf bunte Bäume und Erderhebungen aller Art.

Jörg trudelte tatsächlich um fünf nach neun im Saint J ein. Er kam auf meinen Tisch zu und grinste.

»Na, alles fit im Schritt?«

Ich dachte, ich höre nicht richtig. Hatte Sonja gewagt,

ihn anzurufen und einzuweihen, weil ich mich so lange vorm Weitererzählen gedrückt hatte?

Doch dann fiel mir ein, dass Jörg einfach im Laufe seines Lebens zu viele Fußballkabinensprüche gehört und wiederverwertet hatte, und ich beruhigte mich wieder so weit, dass ich zurückgrinsen konnte. Eine Zeitlang hatte es sogar mal danach ausgesehen, als könnte Jörg es in den Kader des saarländischen Zweitligisten FC Homburg schaffen. Aber daraus wurde nichts, weil die Trainer zu oft wechselten und nie genug Zeit hatten, sein Talent so richtig zu erkennen. Daher studierte er schließlich Betriebswirtschaftslehre in Saarbrücken und gründete sein eigenes Steuerberaterbüro, als ich noch in der Praktikantenschleife vor dem ersten ernstzunehmenden und vor allem bezahlten Job hing. Vor ein paar Jahren hatte er geheiratet und ein Haus gebaut. Er war mir eben in vielem ein paar Jahre voraus. Kinder hatte er allerdings auch noch keine.

Unsere Freundschaft beruhte vor allem darauf, dass wir regelmäßig telefonierten, wobei ich ihn wesentlich öfter anrief als er mich. Ungefähr einmal im Jahr fuhren wir zusammen weg, meistens war Fußball der Anlass. Und jetzt war Europameisterschaft. Jörg hatte Karten für das Vorrundenspiel Deutschland gegen Österreich besorgt. Gegengerade.

Jörg bestellte Weizenbier, ich Apfelsaftschorle.

Wir prosteten uns zu und verliehen unserer Vorfreude auf Wien und das, was wir dort außer Fußballgucken alles anstellen wollten, wortreich Ausdruck. In der erstbesten Gesprächspause beugte ich mich nach vorn, so verschwörerisch, dass Jörg es mir gleichtat, und sagte leise, obwohl bei dem Lärm in dieser U-20-Kneipe ohnehin nur unmittelbar benachbarte Ohren eine Chance hatten, ganze Wörter zu verstehen: »Ich kann keine Kinder machen. Wir trainieren seit einem Jahr, aber bei mir kommt nur heiße Luft raus. Ich war sogar beim Arzt. Es liegt an mir.«

Er reagierte zuerst gar nicht. Es schien, als dachte er darüber nach, ob er wegen der Geräuschkulisse etwas falsch verstanden haben könnte. Dann lachte er und schüttelte den Kopf. Er schaute in sein Bier und sagte:

»Na, dann: Willkommen im Club.«

Freundschaftsspiel

Ich hatte alle Informationen gehabt, um schon vor längerem zum richtigen Schluss zu kommen: Ich wusste, dass Jörg seit Jahren verheiratet war. Ich wusste, dass er mit seiner Frau in einem Haus wohnte, in dem sieben Kinder Platz gefunden hätten. Und ich wusste, dass die beiden Kinder haben wollten. Unbedingt. Trotzdem hatte ich mir kein einziges Mal die Frage gestellt, ob es bei den beiden vielleicht vermehrungstechnisch nicht rundlief. Bevor ich selbst betroffen war, hatte ich dieses ganze Nichtschwimmer-Thema einfach nicht im Blick gehabt. Und danach war ich zu sehr mit mir selbst beschäftigt.

Nach einem besonders großen Schluck Weizenbier, für den er sich auch sehr viel mehr Zeit nahm als sonst, erzählte mir Jörg, dass er sein Problem schon seit vier Jahren kannte.

»Seit vier Jahren?«

Es war eine dumme Angewohnheit von mir, überraschende oder schockierende Botschaften im ungläubigen Tonfall zu wiederholen, als erwartete ich ernsthaft eine Korrektur der betreffenden Angaben.

Ich versuchte mir vorzustellen, bei wie vielen Treffen ich neben Jörg gesessen hatte, ohne auch nur etwas zu ahnen.

»Tanja und ich haben schon drei künstliche Befruchtungen hinter uns, ohne Erfolg.« Er ging auf meine Fake-Frage auch gar nicht ein. Ich dachte zwei Sachen: Armer Jörg. Und: Ach du Scheiße, drei künstliche Befruchtungen, und das ohne Erfolg, da weiß ich ja, was mir noch bevorsteht. Daran, dass so eine künstliche Befruchtung auch scheitern konnte, hatte ich bisher noch nicht gedacht.

»Hättest ja mal was sagen können«, knurrte ich, um meine Gedanken zu verdrängen. Etwas Besseres fiel mir nicht ein.

»Hab ich ja«, sagte Jörg ruhig und zum Glück überhaupt nicht vorwurfsvoll.

»Wann?«

»Erinnerst du dich, was ich gesagt habe, als mein Cousin zum dritten Mal Vater wurde?«

Im Moment erinnerte ich mich nicht mal daran, dass Jörg einen Cousin hatte, geschweige denn an dessen Vaterfreuden. »Ich hab gesagt: ›Bei ihm klappt's offenbar besser als bei manch anderem.‹«

»Das hast du so gesagt?«

»Hab ich.«

»Und ich hab nichts dazu gesagt?«

»Hast du nicht.«

Ich zuckte bedauernd die Schultern, weil ich in dem wichtigen Punkt eher ein guter Überhörer gewesen war statt ein guter Zuhörer. »Du hättest aber auch ruhig noch etwas deutlicher werden können«, hielt ich ihm dann doch noch vor. Ich hatte mich ja schließlich auch aufgerafft und ihn nach meiner Schwester gleich ganz oben auf die Liste gesetzt. Wir einigten uns darauf, dass wir es beide vermasselt hatten.

Am nächsten Tag holte mich Jörg zu früher Morgenstunde bei meinen Eltern ab. Mit dem Dienstwagen seiner Frau, einem schwarzen BMW, der größer und schneller ist als sein eigener BMW.

Jörg hatte noch Bekannte beim DFB aus seiner eigenen Zeit als aktiver Fußballer, und diese Kontakte hatten uns schon öfter Tickets für ein Länderspiel eingebracht. Bei der WM 2006 hatten wir Deutschland im Halbfinale gemeinsam verlieren sehen. In der Liga hielt Jörg zu Bayern, ich wie gesagt zu Bochum. Da lagen genug Welten dazwischen, dass unsere Freundschaft nicht in Gefahr geriet.

Unterwegs auf der Autobahn tauschten wir uns über die ersten beiden Spiele der deutschen Mannschaft aus: ein gutes Spiel gegen Polen (2:0) und ein mieses gegen Kroatien (1:2). Gegen Österreich mussten die Deutschen gewinnen, um sicher ins Viertelfinale zu kommen. Wir waren sehr optimistisch, denn von Österreich hatte man, was den Fußball anbelangt, seit der Schmach von Cordoba 1978 wenig Erfreuliches vernommen. Damals waren wir vier Jahre alt – so dass die Schmach an unserem Bewusstsein vorbeigegangen war. Über Helmut Schön konnten wir also nicht mitreden, aber wir redeten über Jupp Derwall, Klaus Fischer und Karl-Heinz Rummenigge und wer uns noch alles aus der 1982er Mannschaft einfiel. Von unseren Spermien redeten wir nicht.

»Ich hab was für dich dabei«, sagte Jörg und deutete auf

seine übergroße Sporttasche auf der Rückbank, mit der er meistens verreiste und die aussah, als gehörte er immer noch zu einem Profikader. Ich langte nach hinten und förderte ein Deutschlandtrikot in meiner Größe zutage.

»O nein.« Ich hatte keine Lust, wie ein germanischer Vollidiot durch Wien zu laufen. Ich kannte die Stadt von ein paar Besuchen. Man kleidet sich dort elegant. In Bochum hätte ich so ein Trikot vielleicht noch angezogen, aber nicht im Ausland, erst recht nicht in Wien. Sonja war in der Nähe von Wien geboren. Ich fühlte mich dem Wiener Erbe verpflichtet.

»Doch, doch, das wird jetzt gemacht«, sagte Jörg, der immer das letzte Wort hatte.

Hinter Aschaffenburg setzte er den Blinker, weil er das McDonald's-Zeichen erblickt hatte. Ich protestierte nicht, obwohl ich ja noch auf Sperma-Diät war. Ich wusste, Jörg braucht das.

Jörg nahm das große Menü mit Hamburger Royal TS und Cola, ich bestellte einen Cheeseburger mit kleiner Pommes. Wir setzten uns auf die Plastikstühle und verteilten, wie immer, die Pommes auf dem ganzen Tablett.

Nur drei Meter von uns entfernt wurde Kindergeburtstag gefeiert, sieben oder acht Mädchen und zwei Jungs, vielleicht drei bis vier Jahre, aßen, betreut von einer ziemlich engagiert wirkenden Zwanzigjährigen, Pommes von McDonald's-Festtagsgeschirr-Papptellern. Das Geburtstagskind hatte sich dem Geschirr angepasst und trug eine Krone aus Pappe. Es hatte den Anschein, als hätten alle großen Spaß. Jedenfalls waren sie nicht zu überhören.

Als ich merkte, dass Jörg dauernd zu der Gruppe hinüberschielte, lenkte ich das Thema auf das bevorstehende Spiel. Es gelang mir nicht. Jörg redete kein Wort mehr und schlang seine Portion noch schneller runter als sonst.

Es war klar, was er dachte: Wenn es der Preis fürs Kinderkriegen ist, seinen Gören später den Wunsch zu erfüllen, an einer Autobahnfiliale von McDonald's Geburtstag zu feiern, er würde den Preis gerne bezahlen. Er würde sich, wenn es sein müsste, wahrscheinlich auch als Ronald McDonald verkleiden.

Als Jörg doch noch den Mund aufmachte, schlug er vor, schnell weiterzufahren, ohne das sonst übliche McFlurry-Eis zu holen. »Damit wir in Wien noch was vom Abend haben.«

Die nächsten Autobahnkilometer schwiegen wir weiter und brausten mit hundertachtzig in Richtung Europameisterschaft.

»Hattest du eigentlich auch Probleme, in der Praxis zu wichsen?«, fragte Jörg irgendwann in die Stille hinein.

Die Frage gefiel mir. »Ziemlich.«

»Ich fand es so schwierig, dass ich die gefragt habe, ob ich die Probe nicht von zu Hause mitbringen darf.«

Auf die Idee war ich bei meinen Versuchen gar nicht gekommen. »Und?«

»Ich durfte. Hat aber auch nichts gebracht. Der Becher stand wohl zu lange auf der Heizung, die Probe war unbrauchbar. Seither onaniere ich wieder in der Praxis.«

»Wenigstens kann man dort auf eine gute Videothek zurückgreifen«, sagte ich.

»Hör auf. Ich hab überhaupt noch nie so schlechte Pornos gesehen wie da. Die Männer sind alle voll behaart und geben Affenlaute von sich.«

Wir überlegten, ob wir viel Geld damit verdienen könnten, Urologen in ganz Deutschland Porno-Beratung anzubieten. Oder selbst welche zu produzieren – einfühlsame Autorenpornos. Wir stellten uns vor, wie die *Saarbrücker Zeitung* über uns berichten würde: die legitimen Nachfolger von Beate Uhse, die Peter Uhses, Erfinder des medizinischen Porno-Geschäfts.

»Erzählen Sie doch mal, wie alles begann …«, imitierte ich eine Journalistenstimme und hielt Jörg ein imaginäres Mikrofon vor die Nase.

»Auf einer Spritztour nach Wien …«, setzte Jörg an – und beklagte sogleich das Niveau seines Wortspiels.

»Sag mal, was ist eigentlich das genaue Problem bei deinen Jungs?«, nahm Jörg nach einem kurzen, aber erfolgreichen Überholmanöver an einem VW-Bus vorbei wieder die Kurve zu unserem persönlichen Dilemma.

»Standbild«, antwortete ich. »Wenn du draufschaust, bewegt sich nichts.«

»Meine drehen sich ständig im Kreis. Die fahren Karussell. Sind vollkommen orientierungslos.«

»Wenigstens bewegen sie sich.«

Jörg schnaubte und überholte schon wieder. »Ich weiß nicht, ob mir das lieber ist. Die Teile sind total dämlich. Irgendwie bekloppt, als würden sie ständig mit dem Mofa um den Häuserblock fahren, statt mal richtig was zu unternehmen.«

»Meine steigen erst gar nicht aufs Mofa. Die bleiben den ganzen Tag in der Wohnung und glotzen RTL.«

Wir beschlossen, falls wir als Pornoproduzenten doch nicht den erhofften Erfolg haben sollten, wenigstens einen Verein der zeugungsunfähigen Männer zu gründen samt dazugehöriger Facebook-Gruppe.

»Pimp your Sperms«, schlug ich vor. »Oder *Heiße Luft.*«

Jörg hatte die bessere Idee: »Der unbewegte Mann.«

Wir vereinbarten schon mal, dass ich die PR machen würde und Jörg den Präsidenten, er hat einfach den seriöseren Auftritt.

Wir erreichten Wien trotz ausgefallenem McDonald's-Eis so spät, dass wir sofort in unser Doppelbett fielen.

Am nächsten Tag streifte ich das Deutschlandtrikot über, fühlte mich darin aber so unwohl, dass ich es mir im Stadion am liebsten wieder ausgezogen hätte. Aber unter dem Trikot trug ich: nichts. Und noch bescheuerter als deutsche Fußballfans im Nationaldress sehen halbnackte Fußballfans aus. Vor allem die, die sich nicht mal die Brust rasieren.

Das Spiel war von der unschönen Sorte. Michael Ballack hatte kurz vor der Halbzeit das 1:0 per Freistoß geschossen, mehr Gewalt als Kunst. Aber wir waren im Viertelfinale und Jörg und ich guter Laune. Auf der Rückfahrt sprachen wir nicht mehr über unsere Spermien. Wir wollten noch eine Weile länger das Gefühl genießen, Sieger zu sein.

Die Elternbeichte

Ich hatte alles in meiner Macht Stehende getan, um das Gespräch mit meinen Eltern so lange wie möglich hinauszuschieben. Nun, nach meiner Rückkehr aus Wien, führte kein Weg mehr daran vorbei. Erstens gingen mir die Ausreden aus, zweitens wollte ich mich wieder nach Hause zu Sonja trauen dürfen.

Nachdem ich mit Jörg und Tanja noch einen Kaffee getrunken und mich dann im eigenem Fahrzeug auf den kurzen Weg zum Nach-wie-vor-Wohnsitz meiner Eltern gemacht hatte, stellte ich meinen Wagen auf dem Parkplatz ab, der für unsere Reihenhauszeile vorgesehen und von zahlreichen Garagen umgeben war. Die letzten Schritte lief ich zu Fuß. Was nicht ganz ungefährlich war. Oft begegneten mir auf diesem kurzen Weg nämlich schon Nachbarn, alle so um die sechzig, und begrüßten mich wie einen Kriegsheimkehrer. Dass sie immer wissen wollten, wie es in Bochum so ist, wie es meiner großen Schwester geht und was der Beruf so macht, war nicht weiter schlimm. Nur folgte auf die harmlose Einleitung regelmäßig die Frage: »Was treibt dich den langen Weg hierher?«, als wäre Bochum nicht dreihundertfünfzig Kilometer, sondern dreitausendfünfhundert entfernt. Und diese Frage wollte ich ihnen diesmal einfach nicht beantworten.

Ich hatte Glück. Meine Mutter war schon an der Tür, bevor ich klingeln konnte. Während sie mich drückte, sah ich meinen Vater auf Socken herannahen. Er hatte vor ein paar Jahren begonnen, uns Kinder damit zu begrüßen, dass er uns kräftig drückte.

Meine Mutter hatte gekocht, Fleischkiechelcher – also saarländische Frikadellen – mit Sauerkraut und Specksoße, mein Lieblingsessen. Danach gab es Käsekuchen, meinen Lieblingskuchen. Damit war für alles Weitere wenigstens eine gute Grundlage geschaffen.

Nach dem Kuchen zündete sich mein Vater draußen eine Zigarette an. Ich ging mit ihm auf die Terrasse, was ich sonst nicht tat. Vielleicht könnte man dort ja gut reden.

»Rauchste jetzt auch?«, fragte er und lachte dabei, weil er wusste, dass mir das nicht zuzutrauen war.

»Nö«, sagte ich. »Und du, wie lange rauchst du jetzt schon?«

»Na, angefangen hab ich mit fünfzehn, schätze ich. Also seit mehr als fünfzig Jahren. Ein halbes Jahrhundert.« Er lächelte nicht ohne Stolz und zog an seiner Zigarette.

»Und immer schon Roth-Händle?«

»Alles, was keinen Filter hat und stark ist, hab ich geraucht.« Er lachte. Sein Satz gefiel ihm.

Mein Vater, der saarländische Marlboro-Mann. Der Mann, der seinen Weg geht durch die Weite der Prärie oder wenigstens durch den Wald zwischen Völklingen und Lothringen. Ich verwarf meinen Plan, ihn in der Raucherpause einzuweihen. Ein Cowboy hat keine heiße Luft im Sack.

Abends besprach ich mit meinem Vater die deutsche Gesundheitspolitik. Er regte sich über irgendetwas wahnsinnig auf, ich weiß nicht mehr, worüber, wahrscheinlich über alle: Ärzte, Krankenhäuser, Gesundheitsminister, Krankenkasse und Pharmaindustrie. Es hätte also wieder nicht gepasst, ihm jetzt mit meinem Wehwehchen zu kommen.

Vor dem Einschlafen telefonierte ich mit Sonja, von meinem alten Kinderzimmer aus, das längst zum Gästezimmer umfunktioniert war, meine Kindheitsdevotionalien wurden zum Glück nicht mehr ausgestellt. Sonja war nicht mitgekommen, es war Wochenende, sie musste spielen, ausnahmsweise mal zu Hause in Bochum. Ich glaube, es war ihr ganz recht, dass ich die Sache mit meinen Eltern alleine klären musste.

»Und, was sagen deine Eltern?«, fragte sie sofort, statt auch nur mit einem Wort auf Freud und Leid ihres fußballbegeisterten Lebensgefährten einzugehen.

»Ach, die sind ganz entspannt«, sagte ich und fand, dass das nicht einmal gelogen war.

Am nächsten Tag verabschiedete sich mein Vater nach dem Frühstück in die Garage, um an seiner Vespa zu schrauben, die er bereits seit zwanzig Jahren fuhr, als es noch nicht schick war, sondern eher kauzig, als Familienvater Vespa zu fahren.

Ich schlug meiner Mutter vor, einen Spaziergang durch den Wald zu machen, der nur hundert Meter hinter dem

Haus beginnt. Da, wo unsere Straße, eine Sackgasse, endet, beginnen drei Wege, die allesamt in den Wald führen. Wir nahmen den mittleren, flachen Weg. Ich dachte, dass ich es meiner Mutter beim Spazieren leichter sagen könnte, weil man sich dann nicht direkt in die Augen sieht. Ich wusste, wie gerne meine Mutter Kinder im Allgemeinen und eigene Enkel im Besonderen hatte. Sie könnte spielend ganze Busladungen von Enkelkindern bespaßen und mit Fleischkiechelcher und Käsekuchen versorgen. Ich wollte sie nicht enttäuschen.

»Du erinnerst dich doch, dass ich letztens wegen des Rindfleischs angerufen habe«, wählte ich einen halbdirekten Einstieg.

Sie erinnerte sich. Half mir aber ansonsten nicht mit eigenen Wortmeldungen weiter.

»Wenn schwangere Frauen zu viel Rindfleisch essen«, spann ich meinen Gesprächsansatz deshalb weiter, »können deren Söhne später vielleicht keine Kinder kriegen.«

»Aha«, sagte sie nur und sah mich von der Seite an. Vermutlich fragte sie sich, warum ich nicht einfach mal zur Sache kam.

Also erzählte ich ihr in aller Breite und für die nächste halbe Stunde ohne Punkt und Komma und ohne Zwischenfragen oder Kommentare zuzulassen, wie Sonja und ich seit einem knappen Jahr versuchten, ein Kind zu zeugen, von den Arztbesuchen, dem Zink und den Kopfdefekten. Ich redete und redete, und meine Mutter schwieg. Als ich nicht mehr wusste, was es dazu noch zu erzählen gab, sagte ich: »Mama, es tut mir leid.«

Schon seit Jahren hatte ich sie nicht mehr so genannt, sondern einfach »Mutter«. Das erschien mir angemessener für einen ausgewachsenen Mann. Aber mit meinem Mannsein war es ja nicht übermäßig weit her, also passte Mama wohl ganz gut.

Meine Mutter reagierte dann auch wie aus dem Mutti-Handbuch, und ihre fürsorgliche Güte umschloss mich wie eine starke Hand. »Das braucht dir doch nicht leidzutun. Mir tut es leid für euch.«

Ich hätte fast geflennt. Da stand ich also, der große Junge, der nicht mehr weiterweiß, kaum anders, als ich vor fünfundzwanzig Jahren immer wieder dagestanden hatte mit aufgeschlagenen Knien, und ließ mich von meiner Mutter trösten.

»Also, wenn ich das richtig verstehe, gibt es immer noch eine Chance, dass es klappt. Dann hoffen wir einfach weiter, oder?«

Ermutigt von ihrer Reaktion, beschloss ich, gleich das nächste heiße Eisen anzupacken: »Und wenn wir künstlich befruchten, das würde dich nicht stören?«

»Wieso denn? Quatsch!«

Sonja hatte von einer Freundin erzählt, deren Eltern sie nicht mehr zur Tochter wollten, wenn sie sich künstlich befruchten ließ. Obwohl seit Jahren keine Kirchgänger mehr, waren sie noch immer katholisch genug, um die Meinung des Vatikans zu teilen: Bloß keine teuflische Technik anwenden, wenn es um Gottes Geschenk der Liebe geht. Ich wusste, dass meine Mutter nicht katholisch dachte, aber erleichtert war ich jetzt trotzdem. Sie dachte pragmatisch. Es ging um ihre Zukunft als Großmutter, da wollte sie nicht moralisch werden.

»Und, habt ihr schön getratscht?«, fragte mein Vater, als wir zurückkamen. »Wie die Waschweiber«, sagte ich. Und beschloss, dass meine Mutter ihm die Wahrheit über meine Manneskraft weiterleiten sollte. War ich eben ein Muttersöhnchen, auch schon egal.

Bettenstreit

Als mich Sonja zu Hause in Bochum mit einem langen Willkommenskuss empfing, der mich für alle Outing-Schmach entschädigte, ahnte ich noch nichts von ihrem bereits existierenden Masterplan.

Es fing ganz harmlos damit an, dass wir wenig später einen Kastenwagen mieteten, weil wir beschlossen hatten, bei Ikea ein neues Bett zu kaufen. Zwei mal zwei Meter – ein Ehebett. Ich war mir nicht sicher, ob ich dieses Bett romantisch finden sollte (weil der Sex darin ausufernd werden konnte) oder unromantisch (weil wir von nun an mit vierzig Zentimetern mehr Abstand voneinander schlafen würden). Was ich sicher wusste: Ich hatte keine Lust auf den Einkauf. Ich fuhr nicht gerne zu Ikea. Schon gar nicht an einem späten Freitagnachmittag. Meine Laune war deshalb schon während der letzten Arbeitsstunden unterdurchschnittlich. Ich neige nicht zu Platzangst, aber sobald ich im Ikea-Labyrinth gefangen bin, bekomme ich eine Ahnung davon, worunter Menschen mit dieser Angst leiden.

Sonja dagegen fuhr immer gerne zu Ikea und schaute sich dort möglichst viel an, »um auf Ideen zu kommen«. Ihre Laune war prächtig. Kurz: Ich war nicht vorgewarnt und auch nicht in der Stimmung für das, wovon ich nicht wusste, dass es kommen würde. Wir waren noch nicht auf der Autobahn, da sagte Sonja strahlend: »Du, wir haben übrigens ein Date.« Sie nahm die rechte Hand vom Lenkrad und tippte mir ans Knie.

»Aha«, sagte ich desinteressiert. Was meinte sie wohl mit dem Date? Mir schwante Böses, nämlich: Medizinisches.

»Oh, da ist aber jemand nicht so gut gelaunt«, bemerkte Sonja sehr richtig.

»Klär mich auf«, sagte ich, wie man es zu einem Kollegen im Büro sagt, der mal wieder vergessen hat, ein wichtiges Detail aus dem letzten Meeting weiterzugeben.

»Komm, rate doch mal. Es ist auch gar nicht so schwer: Es hat etwas mit dem Bett zu tun, das wir gleich kaufen werden.«

War das jetzt schon eine Provokation? Ich sollte Ratespielchen mitmachen, wo ich doch nicht mal Lust hatte, mich zu unterhalten? Sonja war erstaunlicherweise noch immer gut gelaunt, offenbar war sie immun gegen meine schlechte Laune. Die wurde nun noch schlechter: Es ging also tatsächlich um die Fortpflanzung, worum auch sonst?

»Komm, sag mir einfach, was Sache ist«, sagte ich unverhohlen unfreundlich.

Sonja rollte mit den Augen. Jetzt war sie auch nicht mehr so heiter.

»Meine Güte, du bist heute echt unterirdisch«, grollte sie. »Ich sag's dir: Wir haben eine Verabredung zum Sex. Du und ich. In fünf Tagen. Damit wir vielleicht doch noch ein Kind bekommen.«

Ich sagte wieder »Aha«, was diesmal so viel heißen sollte wie: Wusste ich's doch.

Sonja erklärte mir, dass sie sich eine Spritze setzen wollte, ein paar Stunden vorher, die ihren Eisprung auslösen würde. In einem Zeitintervall von einer knappen Stunde mussten wir dann Sex haben. »Das ist der letzte Versuch, es auf einigermaßen natürlichem Weg hinzukriegen.«

Ich sagte nichts dazu. Ich dachte nach. Ich überlegte, ob wir womöglich nur deshalb ein neues Bett kauften, weil es in Sonjas Kinderwunschpraxisplan passte. Wollte sie das Bett nur, weil sie dachte, dass wir darin den besseren Sex haben würden? War das Bett also eine Art medizinisches Hilfsmittel, verschrieben vom Kinderwunschdoktor? »Warum hast du mir das alles nicht ein bisschen früher erzählt?« Ich hatte jetzt nicht nur schlechte Laune, ich war jetzt richtig sauer.

So sauer, dass ich erst gar nicht auf die Idee kam, ihr für das Spritze-Setzen meine Hilfe anzubieten. Genau das hatte sie sich aber gewünscht, wie ich viele Wochen später erfuhr.

Wir schwiegen, bis wir den Ikea-Parkplatz erreicht hatten. Dort sagte ich: »Okay, kaufen wir das verdammte Bett«, was Sonja schnippisch mit »Super Idee« quittierte.

Im Ikea-Labyrinth wurde die Stimmung nicht besser. Sonja hielt sich für meinen Geschmack viel zu lange bei den »praktischen« Ordnungsschachteln auf, und ich fand es reichlich unnötig, auch auf jenen Matratzen Probe zu liegen, die wir mittels Ikea-Katalog und Stiftung Warentest bereits ausgeschlossen hatten. Es fiel mir schwer, den superfreundlichen Matratzen-Berater Florian zu erdulden, der uns ungefragt beriet und der Sonjas Wirbelsäule ertastete, was ihr nicht einmal zu missfallen schien.

Wortlos wuchtete ich die zentnerschweren Pakete und die unhandlichen Matratzen von den Hochregalen auf unseren Einkaufswagen, wortlos von dort in den Kastenwagen und wortlos von da in unsere Wohnung, wo ich sofort begann, Malm wortlos aufzubauen. Alleine. Was gar nicht so einfach war. Aber ich war zu stolz, Sonja um Hilfe zu bitten, die zwei Zimmer weiter mit Protestfernsehen beschäftigt war.

Als Malm stand und die Matratzen Sultan drinlagen, gefiel mir das Ergebnis so gut und war ich so stolz auf meine Arbeit, dass ich zu Sonja ins Wohnzimmer ging und sie fragte, ob sie sich das neue Bett nicht wenigstens mal anschauen wolle. Zögernd stand sie auf und folgte mir ins Schlafzimmer.

»Schön«, sagte sie. Immerhin.

»Nicht wahr?«, sagte ich. »Unser Bett.«

Als ich sah, dass sich Sonjas Miene aufhellte, fügte ich hinzu: »Ich war vielleicht ein bisschen überempfindlich eben.« Sie drückte sich an mich, aber nicht so fest, wie sie es sonst manchmal macht, wenn wir uns nach einem Streit wieder versöhnen.

Es war eine 95-Prozent-Versöhnung. Wir schliefen ohne Versöhnungssex ein. Um die letzten fünf Prozent vollzumachen, nahm ich mir vor, ihr am nächsten Morgen ein Frühstück ans Bett zu bringen, mit Spiegeleiern, Milchkaffee und frisch eingekauften Rosinenbrötchen. Männer mit Hodenschaden sind möglicherweise harmoniebedürftiger als Männer ohne.

Mich weckte die Türklingel. Leichtbehost öffnete ich dem Paketboten die Tür. Er brachte ein Päckchen von meiner Schwester. Ich öffnete es sofort, weil ich Pakete immer sofort öffne, und fand zwei etwa pfeffermühlengroße Holzfiguren darin, die Pfeffermühlen auch darin glichen, dass ihre Köpfe dicker waren als der Rumpf. Auf der Postkarte stand in der mir vertrauten, schwer lesbaren Handschrift meiner großen Schwester: »Viel Glück nächste Woche! Diese beiden Fruchtbarkeitsgötter aus Südafrika haben uns auch schon geholfen …«

Sie wusste also von unserem Sex-Date. Und offenbar schon, bevor ich es gewusst hatte. Ich spürte, wie mir das Blut in den Kopf schoss. Ich sammelte mich eine Sekunde, um nicht gleich ins Schlafzimmer zu stürmen und Sonja anzuschreien. Stattdessen ging ich ins Schlafzimmer, weckte sie und zeigte ihr stumm die Postkarte. »Wer weiß denn noch über unser Date Bescheid? Meine Mutter etwa auch?«

Sonja schüttelte den Kopf. Sie sah traurig aus. »Nur Ingrid«, murmelte sie.

»Wie bitte?« Ich hatte sie verstanden. Aber das sollte sie mir bitte noch mal sagen.

»Ich habe mit Ingrid darüber gesprochen«, wiederholte sie kaum deutlicher.

Wieder musste ich mich beherrschen, um nicht durch unser Schlafzimmer zu brüllen.

Ingrid war unsere Nachbarin. Unsere Hausgemeinschaft

bestand aus zehn Parteien, und die meisten wussten, dass unser Kinderwunsch im Begriff war, an meinen mangelnden Fähigkeiten zu scheitern. Das machte mir nichts aus, ich wusste ja auch, wer von ihnen künstlich erzeugte Kinder hatte und wer seit Jahren keinen Sex mehr, was ich noch schlimmer fand. Aber dass Sonja Ingrid über diese sehr intime Verabredung informiert hatte, und das ganz offensichtlich, bevor sie mich informiert hatte, machte mich fassungslos.

»Wollen wir nicht alle Nachbarn zu uns einladen, wenn wir vögeln? Die können doch zugucken und Tipps geben.«

Sonja schwieg eine Weile. »Mit dir konnte ich ja nicht reden. Du tust ja seit Wochen so, als betrifft dich das Problem gar nicht mehr.«

Ich konterte sofort: »Weil du mich außen vor lässt. Weil du alles managst, mich und meine Spermien.« Ich merkte, dass ich immer lauter wurde. »Du nimmst mich doch überhaupt nicht mehr für voll. Es ist, als würdest du alleine ein Kind kriegen wollen. Vielleicht willst du das ja. Tu dir keinen Zwang an.«

Sonja sprang aus dem Bett, rannte in Richtung Tür, drehte sich noch einmal zu mir um und schrie jetzt auch: »Du hast ja wohl 'nen Schaden!« Damit entschwand sie und knallte die Tür so schwungvoll zu, dass der Schlüssel auf den Boden fiel.

Ich schlug mit der Faust fest auf die Matratze. Ich hätte Lust gehabt, dieses verdammte Bett wieder in seine Einzelteile zu zerlegen. Stattdessen saß ich noch eine Weile mit den Fruchtbarkeitsgöttern auf unserem neuen Bett und schwankte zwischen »Nachlaufen und Weiterbrüllen« und »Klappehalten und Abhauen«. Ich wählte die zweite Option.

Dann ging ich ins Bad, duschte, zog meine Rennradklamotten an, steckte einen Zwanzigeuroschein und Schlüssel ein und schwang mich auf mein Rennrad. An der Pommes-Bude machte ich halt und frühstückte einen schwarzen Kaffee und eine Currywurst, die mir nicht schmeckte, kaufte eine 1,5-Liter-Flasche Wasser und strampelte weiter. Unterwegs legte ich noch zweimal eine Pause ein, nach fünf Stunden zeigte mein Tachometer 140 Kilometer an. Ich wollte noch nicht nach Hause, aber ich war vollkommen im Eimer.

Als ich nachmittags die Tür zu unserer Wohnung aufschloss, schien sie verwaist. Sonja war da, aber sie reagierte nicht auf meine mittelfreundlichen Bist-du-da?-Rufe. Was sollte das? Hatte ich nicht viel mehr Grund als sie, sauer zu sein? Ja, ich hatte rumgebrüllt, aber warum wohl? Sie musste das doch verstehen.

Wir schwiegen auch den Rest des Tages, am Morgen danach, und am Abend war ich eh unterwegs: Ich war mit Mark verabredet. Endlich mal wieder ein Abend unter Männern.

Klospruch

Wir nennen es »Männerbier«, obwohl es ein bisschen geschummelt ist, denn meistens trinkt nur er Bier und ich trinke die Schorlenpalette rauf und runter. Mir wird wohl niemals die Erfahrung beschieden sein, in einer Kneipe damit begrüßt zu werden, dass man mir stumm mein Getränk hinstellt.

Ich treffe Mark alle ein bis zwei Monate, meistens montagabends. In der Regel bin ich es, der ihn anruft, aber immerhin die Uhrzeit machen wir zusammen aus. Den Ort müssen wir nicht ausmachen, der ist immer der gleiche: erst die Currywurstbude im Bermudadreieck, dann, nach zwei bis drei Würsten, Fortsetzung im »Shop«. Die Kombination stammt noch aus unseren Studententagen. Inzwischen treffen wir uns dort aus einer Mischung aus Nostalgie und Pragmatismus: Shop und Wurstbude sind für uns beide nah.

Ich kann mich nicht erinnern, dass Mark eine solche Verabredung je abgesagt hätte. Wohltuend in Zeiten, in denen ich ansonsten mittels Facebook und SMS oft fünfmal Termine hin und her schiebe, um die Sache dann am Ende doch komplett abzusagen.

Dass wir beide uns nach all den Jahren immer noch so

regelmäßig sehen, ist umso erstaunlicher, als wir eigentlich sehr unterschiedlich gestrickt sind. Beispielsweise ist Mark im Gegensatz zu mir ein Karrieretyp. Sofort nach seinem Studium hat er sich als Finanzberater selbständig gemacht. Während ich mal dieses, mal jenes ausprobiere, fängt Mark eine Sache an und zieht sie dann durch. Seit er vor vier Jahren ein paar Bewerbungen verschickt hat, um seinen Marktwert zu testen, sind ihm die Headhunter auf den Fersen. Ich bin noch nicht mal bei Xing. Während für mich Arbeit nur zum Broterwerb da ist, hat Mark längst eine eigene Sekretärin.

Mark kam mit seinem alten Opel Vectra, den fuhr er schon, als er noch Student war. Er findet, dass es in seinem Beruf zu viele Porschefahrer gibt. Er begrüßte mich wie üblich mit der Handharke. »Heute saufen wir mal so richtig«, sagte Mark wie üblich, und ich verdrehte wie üblich gespielt die Augen.

Anfangs, als Sonja die Namen meiner Freunde noch leichter zuordnen konnte, wenn sie mit einem Beinamen versehen waren, nannte sie Mark immer Snowboarder-Mark. Weil er mehrmals im Winter in die Berge fuhr und ausgiebig davon erzählte. Von vereisten Pisten, dem vielseitigen Nachtleben in Sölden und Ischgl und der Schneequalität bestimmter Gegenden, die Sonja und ich nie besucht hatten.

Außerdem reden wir noch über Autos, Fußball und neue Smartphones, die ja nahezu wöchentlich auf den Markt kommen. Früher haben wir auch über Frauen gesprochen, aber seit wir beide fest liiert sind, gibt dieses Thema nicht mehr so viel her. Frühestens nach dem vierten Bier fängt

Mark vorsichtig an, mich auf angenehm auffallende Vertreterinnen der anwesenden Damenwelt aufmerksam zu machen. Und ich sage dann etwas wie »Ja, echt hübsch« oder auch mal »Wow«, weiter vertiefen wir die Sache aber nicht mehr.

Erst recht sind wir bisher nie auf den Gedanken gekommen, unsere Beziehungssorgen zu offenbaren. Genau genommen redeten wir überhaupt nicht über Intimes aller Art. Nicht, dass wir das explizit so vereinbart hätten. War nur einfach irgendwie eine andere Art Freundschaft, das mit Mark und mir.

Immerhin weiß ich, dass Mark zwei Kinder hat. Wie die zustande gekommen waren, hatten wir dagegen nie thematisiert. Kein Wunder: Weiß ja auch jeder, wie's geht. Nur wie's geht, wenn erst mal nichts geht, das weiß keiner so richtig. Ich vermute, Mark wusste nicht mal, dass es so etwas wie männliche Unfruchtbarkeit überhaupt gibt, wenn er überhaupt schon von dem Wort gehört hatte. Er wollte Kinder, er hat sie gezeugt, fertig.

Darum überlegte ich sehr ausführlich hin und her, ob ich ihm von meinem Problem überhaupt erzählen sollte. Während der Würste hielt ich dicht. Zum einen gab es auch in dieser Woche neue internettaugliche Handys, über die wir sprechen konnten. Zum anderen gefiel mir der Gedanke, wenigstens einen Freund zu haben, der von der ganzen Geschichte nichts weiß.

Aber dann gingen wir in die Kneipe, Bier und Schorlen flossen reichlich, und nachdem Mark ausgiebig seine nächsten Reisepläne für den Winter offengelegt hatte, wurde er so um elf dann doch aus heiterem Himmel persönlich. »Sag mal«, fing er an und sah mir dabei fast in die Augen, »hast du Stress auf Arbeit? Siehst irgendwie unfroh aus, so über den ganzen Abend betrachtet.«

Ich selbst hatte davon gar nichts gemerkt. Aber erstens machte Mark sich eigentlich nie so viele Gedanken über seinen jeweiligen Gesprächspartner, geschweige denn, dass er die Gedanken auch noch äußerte. Das konnte man nicht einfach so ignorieren. Und zweitens hatte ich zu so später Stunde keine Kraft mehr, mir Notlügen auszudenken, zumal das mit der Not ja auch nicht eindeutig war. Also beschloss ich kurzerhand, die ganze und ungeschminkte Wahrheit zu sagen.

»Ich hab grad tierischen Stress mit Sonja. Es geht um Kinder. Sie will welche. Ich will. Sie kann. Ich nicht.«

Es arbeitete in Mark. Als es ausgearbeitet hatte, sagte er: »Wie, du kannst nicht?« Er sah jetzt komplett erstaunt aus und gab sich Mühe, die richtigen Fragen zu stellen. »Zu viel Arbeit zum Papa-Dasein? Oder kannst du dich nur nicht durchringen?«

Ich sah ein, dass ich mich deutlicher ausdrücken musste. Besonders bei unserer Vorgeschichte, die einfach nicht viele Erfahrungswerte in puncto Problem-Talk bot.

»Nee, schlimmer. Ich meine, ernster.«

Mark sah noch hilfloser aus, und auch ich kratzte mich am Kopf. Was stammelte ich da, um Himmels willen?! Noch mal von vorn.

»Ich bin wie eine Frau, die keine Kinder kriegen kann, nur dass ich der Mann bin – eigentlich.«

Mark stellte sein Bier ab. Und sagte erst einmal gar nichts. »Du meinst …«, sagte er dann.

»Ja, genau, Zeugungsschwäche.« Na also, ging doch.

»Poppt ihr denn auch genug?« Er guckte ehrlich besorgt.

»Da mach dir mal keine Sorgen«, stellte ich sofort klar, obwohl ich mir nicht sicher war, was er unter »genug« verstand.

»Mann, da bin ich echt platt«, sagte er.

»Ich auch.«

Dann war wieder Schweigezeit angesagt. Ohne Übung muss man sich eben mehr anstrengen. Und länger nachdenken, bis man wieder was zu sagen weiß. Da Mark an der Reihe war, sah ich den Bläschen in meiner Johannisbeerschorle beim Schwimmen zu und wartete auf die nächste Wortmeldung. Schließlich war es so weit.

»Kann es nicht sein, dass die sich vermessen haben?« Spermien, die nichts taugen – der Gedanke erschien ihm zu abwegig.

»Nee, es war ja schon der dritte Test. Da ist jeder Zweifel ausgeschlossen.«

Diesmal ging es schneller, bis Mark wieder etwas sagte: »Ach, du Scheiße.«

Dann trank er sein Bier aus, winkte nach dem nächsten und schwieg. Auch er starrte dabei ins Glas, obwohl es da vor lauter Schaum gar keine Bläschen zu sehen gab. So konnte ich in Ruhe überlegen, ob es wirklich eine gute Idee war, mich ausgerechnet in dieser heiklen und intimen Angelegenheit Snowboarder-Mark anzuvertrauen. Lange brauchte ich nicht zum Überlegen. Warum Sonja und ich uns stritten, wollte Mark schon gar nicht mehr wissen.

»Komm, lass uns das Thema wechseln«, schlug ich vor.

»Okay«, war er sofort erleichtert mit von der Partie. »Bringt ja jetzt wahrscheinlich auch nichts, drüber zu reden, oder?«

Also sprachen wir darüber, dass Deutschland diesmal gute Chancen haben würde, Europameister zu werden. Mark bestellte noch ein Bier, ich hielt mich weiter an meinem fast leeren Glas fest.

Bevor wir fuhren, ging ich aufs Klo. Neben mir pinkelte ein vielleicht Zwanzigjähriger, er hatte offenbar zu viel getrunken, denn er stützte sich mit dem rechten Arm an der Wand ab, um nicht das Gleichgewicht zu verlieren.

Ich wählte das einzige freie Pissoir direkt neben ihm. Als ich pinkelte, beugte er sich zu mir rüber, schaute bewusst auffällig auf meine offene Hose und lachte sich dann schlapp:

»Ey, roter Unterhosenmann. Bist du schwul, oder was?« Er schlug mit der flachen Hand gegen die Wand, so komisch fand er meine Garderobe oder seine Bemerkung.

Ich hörte den Spruch nicht zum ersten Mal in meinem Leben. Meistens ging es zwar um meine roten Schuhe, weil die einfach öffentlicher zugänglich waren. So was sagt man halt in Fußballerkneipen und wenn viel Alkohol im Spiel ist. Diesmal reagierte ich jedoch wenig souverän.

Ich schrie meinen Pinkelnachbarn an: »Ja, genau, und wie schwul ich bin. Zieh dich mal lieber schnell an, sonst geht das hier zack-zack.«

Der Typ hörte sofort auf zu lachen und schwankte erschrocken ein paar Schritte zurück. Keine Ahnung, wovor er sich mehr fürchtete – dass ich ihm eine reinhaue oder dass ich ihm tatsächlich an die Wäsche will.

»Is ja gut, Meister …«, murmelte er.

»Nix is gut, du Arsch«, schrie ich weiter und machte einen Schritt auf ihn zu. Der Typ verschwand jetzt eilig aus den Toilettenräumen, ich glaube, er hatte sich noch nicht einmal richtig die Hose zugemacht.

Beim Händewaschen sah ich in den Spiegel. In den sah ich sonst nur, wenn draußen nicht Mark wartete, sondern eine Frau, die ich beeindrucken wollte. Und das war Jahre her. Diesmal blickte ich in das Gesicht eines dreiunddreißigjährigen Mannes, der soeben einen Besoffenen wegen eines blöden Witzes zusammengebrüllt hatte. Und der eine Freundin hatte, die nicht mehr mit ihm sprach, und einen guten Freund, den das nicht so sehr interessierte.

Draußen wartete Mark.

»Hat aber lange gedauert. Prostataprobleme haste aber noch nicht, oder?«

Ich schaffte es nicht zu antworten. Ich war Mark nicht böse, dass er mich nicht getröstet hatte. Ich ärgerte mich nur über mich selbst, weil ich die Klappe nicht hatte halten können.

Am Morgen weckte mich Sonja zu meiner Überraschung mit einem Kuss. Ich blinzelte und erkannte eine Sonja, die endlich wieder freundlich guckte und die mir beim Augenöffnen zuschaute. Als ich sie offen hatte, setzte sie sich im Schneidersitz auf ihre Betthälfte.

»Ich finde, wir haben jetzt lange genug geschwiegen«, sagte sie.

Ich richtete mich auf und war erleichtert, aber auch ein wenig skeptisch: Will sie den Frieden nur, weil wir bald unser Date haben?

»Ich finde auch, wir sollten uns wieder vertragen.« Mit dem Satz konnte ich nichts falsch machen. Damit war wieder sie an der Reihe.

»Ich weiß, ich hätte es dir viel früher sagen sollen. Es tut mir leid. Aber du hast mir das Gefühl gegeben, dass du überhaupt nicht mehr über das Thema reden willst. Mit Frauke und Ingrid ging das einfacher. Ich weiß gar nicht, was ich ohne die beiden gemacht hätte in den letzten Wochen. Mit deiner Schwester zu reden ist toll, sie kann mich so gut beruhigen.« Sie verbarg ihr Gesicht hinter ihren Händen. Hörte ich ein Schluchzen? Ich umfasste ihre Schultern. Sie rutschte weiter an mich heran.

»Du hast's zurzeit nicht leicht mit mir, hm?«, sagte ich.

»Das kannst du laut sagen«, schoss es aus ihr heraus, sie klang schon nicht mehr so weinerlich. »Du bist ein echter Problembär geworden.« Ich tröstete mich damit, immerhin mit einem Bären verglichen zu werden statt mit einem deutlich weniger imposanten Tier.

»Gut, dann schäme ich mich eben für mein Gebrüll.«

»Ach, Felix, ich finde, du darfst schon mal rumbrüllen. Es muss doch auch mal raus, das Ganze.« Das klang mir jetzt doch ein bisschen zu sehr nach Sozialpädagogin, die eine unbekleidete männliche Selbsterfahrungsgruppe im Harz dazu auffordert, Urschreie auszustoßen, auf dass es ihr bessergehen möge. Aber egal. Ich hatte das bestimmte Gefühl, als sei der längste Streit in der Geschichte unserer Beziehung beendet. Das reichte mir.

Ich stellte die Fruchtbarkeitsgötter, die noch immer im Paket lagen, auf die Fensterbank. Sollten sie doch ruhig zugucken. Die Nachbarin wusste Bescheid, meine Schwester wusste Bescheid, da kam es auf die stillen Zuschauer auch nicht mehr an.

Dating Sex

Die Nacht des verabredeten Sex fiel auf die des Halbfinalspiels Deutschland gegen die Türkei. Nach dem Spiel gegen Österreich hatte die Mannschaft gegen Portugal in einem ziemlich dramatischen Spiel gewonnen, nun standen die Chancen gut, ins Finale zu kommen. Sonja gab nicht viel auf Fußball. Aber sie freute sich mit mir, wenn der VfL Bochum gewann. Sie freute sich weniger über den Sieg als vielmehr über meine Euphorie danach. Deshalb war es ihr auch lieber, wie sie einmal sagte, wenn der VfL in der Zweiten Liga spielte, weil die Mannschaft dort wesentlich mehr Spiele gewann. Ich fand die Überlegung interessant, widersprach ihr nicht, wusste aber, dass ich ihr nicht recht geben konnte. Ich freue mich über fünf Erstligasiege in der Summe mehr als über zwanzig Zweitligasiege. Ein Fan muss immer wollen, dass man in der Ersten Liga spielt, auch wenn man dort 0:2 zu Hause gegen Schalke verlieren sollte.

Wir waren bei René eingeladen, einem Nachbarn, das Spiel auf einer Leinwand zu sehen. Natürlich waren auch Frauen und Kinder dabei. Ich fand es okay, dass Fußballspiele seit der Weltmeisterschaft 2006 in Deutschland zu einer Art Großfamilienfeier mutiert sind. Aber ein bisschen sehnte ich mich auch nach den Zeiten zurück, als Fußballspiele reine Männerveranstaltungen waren, so wie früher, als ich Kind war und neben meinem Vater auf dem Sofa sitzen durfte und meine Mutter »den Männern« Holundersirup mit Wasser brachte. Wenn draußen die Sonne schien, zog mein Vater die Rollläden nach unten, damit man das sowieso schon nicht so scharfe Fernsehbild besser erkennen konnte. Später traf ich mich mit den Schul- und Nachbarsfreunden im Garten, und wieder waren es nur Männer, wir nannten die zehn Klappstühle und den Röhrenfernseher unser »WM-Studio«, Public Viewing gab es noch nicht. Es wurde geflucht, und die Mehrzahl der Versammelten hatte auch schon mal selbst im Verein Fußball gespielt.

Beim familiären Public Viewing hingegen durfte man alleine schon deshalb nicht so laut und heftig fluchen, weil die ganzen Kinder dabei waren. Das höchste der Gefühle war ein leises »Scheiße«, alles darüber wurde vor allem von den anwesenden Müttern kategorisch verboten.

Wie soll man damit auskommen, wenn es bereits nach zwanzig Minuten 0:1 steht, durch ein Tor von Uğur Boral? Und es ging nervenaufreibend weiter bis zum Schluss, erst in der letzten Minute schoss Philip Lahm das Tor zum 3:2-Sieg. Vor lauter Aufregung über das Spiel hatte ich zwischenzeitlich sogar den Auftrag vergessen, den Sonja und ich danach auszuführen hatten.

Als der Schiedsrichter endlich abpfiff, lagen wir uns in den Armen, Frauen, Kinder und Männer. Es waren dann aber nur die Männer, die aus dem Garten auf die Straße rannten. René, der Gastgeber – er ist Masseur und hat mich auch schon mal für umme massiert, wenn ich »Rücken hatte«, wie es die Bochumer nennen, auch wenn es auf der Arbeit gar nicht stressig war –, drückte mir sein zweites Kindermegaphon in die Hand, und damit liefen wir »Olé, Olé« singend – ein besserer Text fiel uns gerade nicht ein – zur nächsten Straßenkreuzung, wo sich bereits andere Männer aus der Nachbarschaft versammelt hatten. Wir postierten uns dort, wo die durchfahrenden Autos bei Rot warten mussten, und ließen die Fahrer aus nächster Nähe an unseren textlich wie melodiös improvisierten Gesängen teilhaben. Weder René noch ich kannten allzu viele Fußballfreudengesänge, als VfL-Bochum-Fans war das nie ein großes Manko gewesen, und so einigten wir uns auf die Internationale, da kannten wir wenigstens den Refrain: »Völker, hört die Signale! Auf zum letzten Gefecht!«

Wir meinten damit das Endspiel, nicht die Verabredung, die ich noch mit Sonja hatte.

Ich schaute nicht auf die Uhr. Ich hatte keine Lust, ich wollte noch ein bisschen feiern. Als mich Sonja an der Kreuzung stehen sah mit meinem Spielzeug-Megaphon, die Internationale plärrend, schaute sie mich an, als nagten an ihr nun doch erhebliche Zweifel, ob sie mit diesem Mann ein Kind zeugen wollte. Sie tippte auf ihre Uhr und sagte: »Verausgab dich mal nicht hier.«

»Noch 'ne Viertelstunde, okay?«, sagte ich und setzte das Megaphon zu weiterem Gesang an.

Sie verdrehte die Augen und ging mit Ingrid weiter in Richtung unserer Wohnung. Ob sie sich schon mal beide auf unser neues Bett setzen würden?

Als mir nach einer Weile nicht mehr danach war, wildfremde Menschen in ihrem Auto anzuschreien, setzte ich mich auf einen Stromkasten, und René, der das Spiel Bier trinkend verbracht hatte, tat es mir nach.

»Ich muss noch arbeiten heute«, sagte ich.

»Ich weiß«, antwortete er.

Es wunderte mich schon nicht mal mehr.

»Hast du schon mal … auf Befehl?«

»Nee!« Er schaute mich entgeistert an. »Und wenn, dann kam der Befehl von mir.« Er lachte ziemlich laut.

»Okay, verstehe.«

»War nicht so gemeint. Sorry. Tut mir leid.«

Wir schwiegen eine Weile, dann sagte René: »Cool. Wir sind im Finale.«

Ich sprang vom Stromkasten, klatschte René ab und sagte: »Spanier oder Russen – wir gewinnen das Ding. Bis dann.«

Ich ging nach Hause und lauschte dem Hupen der Autos. Ich dachte an den ersten Abend, an dem mich Sonja drei Jahre zuvor nach Hause begleitet hatte, wie aufgeregt ich damals gewesen war. Nun war ich auch aufgeregt, aus anderen Gründen.

Als ich die Wohnungstür aufschloss und nach ihr rief, lag sie schon im Bett.

»Und, alles okay?«, fragte sie mich.

»Klar«, sagte ich betont lässig.

Offenbar sah ich so aus, wie ich mich fühlte, denn sie sagte: »Entspann dich.«

Ich kann mich nicht entspannen, wenn es jemand von

mir verlangt, ich kann auch nicht lächeln, wenn es der Passbildfotograf von mir verlangt. Auf all diesen Fotos sehe ich extrem unentspannt und unfröhlich aus.

Das Schlafzimmer sah aus wie am Tag zuvor: neues Bett, zwei Fruchtbarkeitsgötter, zum Glück keine Rosenblätter oder Teelichter, die für eine romantische Stimmung sorgen sollten.

Ich zog mich aus bis auf die Unterhose.

»Guter Hintern«, sagte Sonja. Offenbar glaubte sie, mich ermutigen zu müssen.

»An dem gibt es wohl nichts auszusetzen«, sagte ich und versuchte zu grinsen.

Ich kroch zu ihr. Wir küssten uns. Ich glaube, ich habe noch nie so schlecht geküsst. Ich fühlte mich von der Straßenlaterne gestört, die in unser Schlafzimmer leuchtete. Ich stand auf, ließ den Rollladen herab. Wir küssten uns weiter.

»Es geht nicht, wenn die beiden mir zuschauen«, sagte ich.

Ich kletterte erneut aus dem Bett und drehte die beiden Fruchtbarkeitsgötter mit dem Gesicht zur Straße.

Sonja seufzte. Ich ging noch mal zur Toilette, nahm ihn in die Hand und sprach zu ihm: »Lass mich jetzt bitte nicht im Stich.« Ich trank ein Glas Wasser, vielleicht würde mich das beruhigen.

Als ich wieder neben Sonja lag, flüsterte sie mir ins Ohr: »Du, wenn es jetzt nicht klappt, macht das auch nichts. Es gibt Schlimmeres.«

»Ach ja? Was denn?«, fragte ich sie.

Sie lachte. Ich lachte.

Wir hatten sicherlich schon mal besseren Sex als den, der folgte. Aber immerhin hatten wir welchen. Ich war erleichtert.

Hinterher legte Sonja ihren Kopf auf meine Brust.

»Liebst du mich trotzdem?«, fragte ich sie.

»Das sage ich dir morgen.«

Ich schaute auf den Radiowecker. Er zeigte ein Uhr achtundzwanzig. Hoffentlich war es nicht zu spät gewesen.

Am nächsten Morgen fuhr Sonja in die Kinderwunschpraxis, um sich untersuchen und feststellen zu lassen, ob unser Sex erfolgreich war. Ich war froh, dass ich nicht dabei sein musste, denn ich wusste, dass es bestimmt nicht viele meiner Spermien an den gewünschten Ort geschafft haben würden.

Dass es aber kein einziges dorthin geschafft hatte, hat mich dann allerdings doch enttäuscht.

Gender-Forschung

In der folgenden Nacht schlief ich schlecht. Als ich um vier Uhr immer noch wach lag, stand ich auf, ging in mein Zimmer und kramte den Clairefontaine-Block hervor. Ich blätterte an den möglichen Ursachen meiner relativen Impotenz vorbei und legte eine neue Liste an. Ein paar Seiten ließ ich frei, für den Fall, dass mir noch andere Ursachen einfielen, dann schrieb ich oben auf ein frisches kariertes Blatt in Großbuchstaben: »WAS DAFÜR SPRICHT, DASS ICH MÄNNLICH BIN«.

Zum Glück fiel mir gleich was ein:

1. Ich habe Fußball gespielt (1980 bis 1997).

Eine gewisse Grundausstattung an Testosteron muss vorliegen, wenn man es aushält, über Jahre hinweg mit anderen Jungs eine Umkleide zu teilen, in der es nach Schweiß und nach Socken stinkt, die schon vor Tagen hätten gewechselt werden müssen. Sogar das Dauergerülpse in den Jugendmannschaften habe ich über mich ergehen lassen – das gegenseitige Anpinkeln in der Mannschaftsdusche wurde immerhin mit Beginn der Pubertät schwächer und verebbte schließlich ganz.

2. Ich kenne mich mit Autos aus.

Ich war kein Autofreak, hatte aber trotzdem etwas für äußerlich und innerlich ansprechende Wagen übrig. Schon mit neunzehn hatte ich mein erstes Auto gekauft, einen sieben Jahre alten metallic-grünen Golf I, und wenig später bereits einen Audi 80 Kombi, dunkelblau, erst zwei Jahre alt. Dabei bin ich kein Sohn reicher Leute, sondern Kind der mittleren Mittelschicht, Eltern beide im öffentlichen Dienst. Ich habe mir das Auto sauber verdient mit Jobs in der Mobilfunkbranche. Ich quatschte Leuten in Supermärkten Verträge auf. Schwätzen konnte ich schon immer gut.

3. Ich kann pfeifen.

Gemeint ist richtiges Pfeifen, ein Pfeifen, das so laut ist, dass sich im Wald auch ein Spaziergänger, der dreihundert Meter vor einem läuft, umdreht, um zu sehen, wer da pfeift. Die Zweifingermethode habe ich schon als Achtjähriger fast bis zur Perfektion gebracht, während die anderen nur kümmerliche Töne produzierten. Auch wenn ich nie einer Frau hinterhergepfiffen habe, Pfeifen ist eindeutig Männersache.

4. Ich will beim Sport gewinnen.

Immer. Ich habe vor fünf Jahren einmal an einem Halbmarathon teilgenommen. Ich kam im Ziel an, klappte zusammen und wurde erst im Krankenhaus wieder wach. Es war wohl doch ein Fehler gewesen, unterwegs nichts zu trinken oder zu essen, um ein paar Sekunden Zeit zu sparen. Sonja, mit der ich damals frisch liiert war, erzählt die

Geschichte gerne mit der Pointe, ich hätte, als ich wieder zu mir kam, als Erstes gefragt, ob ich eine gute Zeit hatte.

5. Ich trage einen Bart.

Einen Drei-bis-fünf-Tage-Bart. Aus optischen und praktischen Gründen. Mich jeden Tag glattzurasieren, wäre mir eindeutig zu viel der körperlichen Pflege.

6. Ich esse gerne Fleisch.

Auch zu mir ist durchgedrungen, dass es um unsere Welt noch besser bestellt wäre, wenn wir weniger Fleisch essen würden. Ich weiß, dass es nur gute Gründe gibt, Vegetarier zu sein. Aber ich rauche nicht und ich trinke wenig Alkohol, deshalb darf ich mich auch uneingeschränkt darüber freuen, dass es für mich nichts gibt, was besser schmeckt als ein frisch gegrilltes Stück Fleisch, gerne mit ein paar Fettsträhnen durchsetzt, vertilgt mit nichts mehr als einem ungesunden weißen Brötchen und einer ordentlichen Portion Ketchup. Vielleicht ist meine Großmutter schuld. Wenn ich als Kind den Teller nicht leer essen wollte, sagte sie immer: »Iss doch wenigstens das Fleisch.« Ich habe sie nie enttäuscht.

Die ersten sechs Punkte meiner Liste hatte ich sehr schnell zusammen, jetzt musste ich bei jedem Punkt überlegen. Mir fiel noch ein:

7. Ich habe ein schlechtes Namensgedächtnis.

8. Ich will keinen Tanzkurs besuchen.

9. Ich bin im Haushalt eher ineffizient.

10. Ich nehme Koffein am liebsten als Espresso zu mir.

Damit war die Liste zugunsten meines Geschlechts fertig erstellt, auch wenn ich ganz schön hatte kämpfen müssen, um auf zehn Punkte zu kommen.

Kurz überlegte ich, ob ich nicht lieber ins Bett verschwinden sollte, statt mich tapfer mit meiner weiblichen Seite auseinanderzusetzen, aber den Gedanken verwarf ich sofort wieder: Ich müsste ihn am nächsten Tag gleich als Erstes in die Negativliste eintragen.

Also schlug ich eine neue Seite des Ringblocks auf und schrieb: »WAS MEINE MÄNNLICHKEIT IN FRAGE STELLT«.

1. Mein Telefonkonsum. Ich telefoniere viele Stunden in der Woche. Viel mehr als Sonja. Viel mehr als jede andere Frau, die ich kenne.

2. Ich besitze ungefähr vierzig Paar Schuhe und zwanzig Taschen.

3. Ich bekomme schnell kalte Füße.

4. Ich habe eine schwache Blase und weiß in jedem neuen Lokal vor Sonja, wo die Toiletten sind.

5. Ich habe einen sehr schlechten Orientierungssinn. Was ich jetzt besser verstecken kann, seit mein Blackberry diese neue Kartensoftware hat.

6. Ich habe keinerlei handwerkliches Geschick.

7. Ich trinke Eierlikör.

Ich sorge regelmäßig für große Erheiterung, wenn ich erzähle, dass ich, wenn schon Alkohol, am liebsten Eierlikör trinke. Die Leute glauben dann, ich mache Witze. Aber im Küchenschrank steht tatsächlich immer eine Flasche Verpoorten-Eierlikör, von dem ich vielleicht einmal pro Woche ein Glas trinke. Ich kenne alle mit Eierlikör verbundenen Klischees, ich weiß, dass Eierlikör der Baileys der 50er Jahre ist, ein Getränk nicht unserer Mütter, sondern unserer Großmütter. Aber ich mag ihn, seinen süßlichen Geschmack. Vielleicht ist es einfach das am wenigsten nach Alkohol schmeckende alkoholische Getränk, das es gibt, und wurde deshalb immer als Frauengetränk belächelt.

Immerhin: Nach diesem siebten Punkt wollte mir so schnell kein achter mehr einfallen. Zehn zu sieben, so endete mein persönliches Gender-Brainstorming. Ich fand, es hätte schlimmer ausgehen können.

Um fünf war ich wieder im Bett. Fünf nach fünf habe ich schon nicht mehr bewusst miterlebt.

Sommerloch

Im Nachhinein denke ich, es hätte mir auch nicht geschadet, eine Rallye durch die Sahara zu buchen, gerne mit ein paar Autopannen. Dann wäre ich wenigstens hin und wieder auf andere Gedanken gekommen. So aber verbrachte ich einen faulen Sommer in Bochum und ging meiner Umgebung und mir selbst mit meiner unterdurchschnittlichen Laune auf die Nerven.

Der Nach-Europameisterschafts-Sommer (das Endspiel gegen Spanien ging doch verloren) fing damit an, dass ich nein sagte, als ich Sonja zu einer Hochzeit nach Salzburg begleiten sollte. Ein alter Freund von ihr heiratete, einen Typen, den Sonja »früher mal ziemlich interessant« gefunden hatte. Vor meiner Zeit. Natürlich. So hatte sie es mir zu Beginn unserer Beziehung erzählt. Jetzt, als die Hochzeit anstand und ich sie danach fragte, wollte sie von diesem »Interesse« nichts mehr wissen.

»Ich kenne die ja kaum«, brachte ich das wahrscheinlich weltweit beliebteste Argument gegen Hochzeitsbesuche vor.

»Na und?«, kam es dann auch prompt zurück. »Kenne ich all deine Freunde, deren Hochzeiten wir seit Jahren abklappern? Und überhaupt: Seit wann hast du ein Problem damit, mit fremden Menschen an einem Tisch zu sitzen und ihnen aus deinem aufregenden Leben zu berichten?«

Sonja hatte recht: Wir waren oft auf Hochzeiten von Paaren, die mir näherstanden als ihr, und ich war ihr immer dankbar, dass sie mitgekommen war und sich sehr nett mit meinen Freunden und Verwandten unterhalten hatte, die weiß Gott nicht alle einfach, sondern in einigen Fällen sogar ziemlich: a. langweilig, b. borniert, c. albern waren, d. zum Alkoholismus tendierten – oder e. alles zusammen.

Auf der Hochzeit meines Großcousins Roland war sie einmal an den in der ganzen Familie gefürchteten Großcousin Hermann geraten, der sich, wenn er getrunken hatte, mit jedem stritt, auch wenn er ihn nicht kannte. Großcousin Hermann war außerdem wegen seiner Verschwörungstheorien gefürchtet, meistens spielten die CIA, die pharmazeutische Industrie und Opus Dei eine nicht unbedeutende Rolle darin. Es gab nicht wenige Familienfeste, auf denen unklar war, ob dieser Hermann das Fest freiwillig verlassen würde oder ob man die Polizei rufen sollte. Ich ahnte Schlimmes, als sich Hermann, auf der Suche nach einem Gesprächspartner, zu Sonja gesellte, die gerade alleine am Tisch saß, weil ich von einer Tante beansprucht wurde. Ich wollte Sonja Zeichen geben, sie möge sich schnell von diesem Typen lösen, aber sie schaute nur kurz zu mir herüber, schloss die Augen und schüttelte den Kopf, um mir zu sagen: Mach dir keine Sorgen. Und tatsächlich war sie zwanzig Minuten später noch immer in ein sichtlich anregendes Gespräch über die Vorzüge der saarländischen Blasmusik vertieft. Später am Abend, als Hermann dann nicht mehr kommunikativ, sondern nur noch betrunken war, hängte er sich um meine Schulter und ergoss sich in Komplimenten über Sonja, welche ganz ohne Zweifel ein bezauberndes Geschöpf sei. Niemand konnte sich erinnern, ihn jemals gut über einen anderen Gast reden gehört zu haben.

Ich kam natürlich doch mit nach Salzburg. Und natürlich kam es so, wie ich befürchtet hatte.

Ich hatte schon Jahre vor meinem kleinen Spermaproblem eine beträchtliche Abneigung gegen jene Väter entwickelt, die ich die Bugabooboos nenne, nach der holländischen Limousine unter den Kinderwagen, die sie so stolz vor sich herschieben. Sie kommen mit ihren Kindern zur Hochzeit und sind dann das ganze Fest über damit beschäftigt, der anwesenden Gästeschar das Bild des neuen Vaters zu präsentieren, wie es sich vermutlich nicht einmal Ursula von der Leyen erträumt hatte, als sie ihr Elternzeit-Gesetz erfand. Die Bugabooboos feiern nicht etwa mit ihren alten Freunden oder flirten mit fremden Frauen, nein, bis spät in die Nacht sind sie darauf bedacht, ihre Babys zu umsorgen, ihnen Fläschchen zu geben, sie hierhin zu legen und dann wieder dorthin und mit ihnen viele überflüssige Runden zu laufen, in der Hoffnung, dafür von den Frauen aller Altersklassen bewundert zu werden. Richtig glücklich ist der Bugabooboo aber erst, wenn später auch getanzt wird. Dann zerrt er seinen Nachwuchs mit auf die Tanzfläche und hüpft »total süß« zu Herbert Grönemeyers »Männer« mit ihm rum, als wäre der neue beste Freund jetzt der dreijährige Sohn. Ich habe sogar schon Bugabooboos erlebt, die ihren Nachwuchs im Wickeltuch auf die Brust gebunden mit auf die Tanzfläche nahmen. Es ist doch so: Die meisten Männer, ich eingeschlossen, sehen bescheuert aus, wenn sie alleine tanzen. Aber wenn sie mit einem Baby auf der Brust tanzen, verstößt das eindeutig gegen die Würde des Mannes.

Ich frage mich dann: Wie kann seine Frau jemals wieder mit ihm Sex haben? Man redet immer darüber, dass die Geburt und die Stillerei die sexuelle Lust des Mannes killen. Und dieses Super-Vater-Getue soll bei der Frau nicht das Gleiche bewirken?

Ich versuchte, die Bugabooboos dieser Hochzeitsgesellschaft so gut es ging zu ignorieren und ebenso meine latente Eifersucht auf den Bräutigam, die nicht geringer wurde, als ich – von einem Tischnachbarn, nicht von Sonja – erfuhr, dass er vier Kinder von drei verschiedenen Frauen hatte. Trotz solcher Widrigkeiten amüsierte ich mich sogar ganz akzeptabel. Aber wie so oft bei Veranstaltungen, zu denen ich mich vorrangig des lieben Friedens willen hingeschleppt hatte, wurde es dann doch noch schwierig.

Der Hochzeits-DJ spielte »I did it my way«, und Sonja drängte mich, wenigstens einmal mit ihr zu tanzen. Ich gehorchte, wieder vorrangig aus schlechtem Gewissen. Sonja hatte mich schon öfter zu überreden versucht, zusammen mit ihr einen Tanzkurs zu besuchen, aber ich hatte das Angebot immer ausgeschlagen. Sonja ist eine sehr gute Tänzerin, sie steht mit dem Rhythmus auf Du und Du, während ich ihn sieze. Während wir tanzten, spürte ich förmlich die stierenden Blicke der anderen Gäste und hörte sie dabei denken: »Was will dieses bezaubernde Wesen mit so einem Wurzelholz von Mann?«

»Ist das eigentlich total blöd für dich, dass du mit einem Typen wie mir zusammen bist?«, fragte ich Sonja.

»Wie meinst du das denn jetzt?« Sonja sah mich eher irritiert an als genervt. Dabei wusste ich ganz genau, was ich da trieb. Sie wollte romantisch mit mir durch den Saal tanzen – so romantisch, wie man mit mir eben tanzen kann –, und ich kam ihr mit so einer Problemnummer.

»Na ja, wegen meines Rhythmusgefühls«, sagte ich und tanzte noch steifer als sonst.

»Du bist doch der wunderbarste Tänzer der Welt.« Sonja hatte offenbar nicht vor, sich von meiner Selbstmitleidstour beeindrucken zu lassen.

»Und dass dieser wunderbarste Tänzer der Welt der schlechteste Erzeuger der Welt ist? Ist das vielleicht kein Problem?« Ich wollte es mir eigentlich verkneifen. Ich wollte Sonja und mir nicht den Abend verderben. Und tat es natürlich doch.

»Nur, wenn du dauernd rumjammerst. Dann ja«, erhielt ich auch prompt zur Antwort.

»Ich jammere nicht. Schon gar nicht dauernd.« Natürlich jammerte ich. Und in letzter Zeit immer öfter. Das hielt mich aber nicht davon ab, empört stehen zu bleiben und Sonja loszulassen. »Was soll das? Warum wirfst du mir das vor? Das ist unfair.«

»Mein Gott, Felix.«

Sonja ließ mich stehen und ging zurück zu unserem Tisch. Ich versuchte so gut es ging, noch ein wenig alleine weiterzutanzen, was sicher wunderbar aussah.

Als Sinatra fertiggesungen hatte, wollte ich hoch ins Hotelzimmer und mich ins Bett legen.

»Kein Problem«, sagte Sonja, und es war klar, dass es doch ein Problem war. Ich ging trotzdem.

Ich legte mich angezogen aufs Hotelbett, starrte an die Decke und ärgerte mich über mich selbst. Und ich hatte Angst, dass mein Zeugungsproblem unsere Beziehung mehr erschüttern würde, als ich gedacht hatte.

Ich nahm mir vor, mich in den kommenden Wochen und Monaten zusammenzureißen, um Sonja den Spaß an unserer Beziehung nicht noch weiter zu verderben. Wenigstens das. Aber im Moment war ich mir nicht mal sicher, ob ich diese nicht allzu hohe Anforderung erfüllen konnte. Kurz hatte ich Lust zu flennen, so sauer war ich auf mich. Aber nicht einmal das klappte.

Als ich in der Nacht aufwachte, roch ich als Erstes Sonjas Fahne. Erst dann spürte ich, dass sie den Arm um mich gelegt hatte und mir in den Nacken atmete. Niemand konnte mein breites Grinsen sehen. Aber ich wusste in dem Moment, wofür es sich zu kämpfen lohnte.

In der Woche nach der Hochzeit waren wir bei Mark zum Grillen eingeladen. Sonja war nicht ganz so begeistert wie ich, ihr war Snowboard-Mark eigentlich zu laut und zu wenig nachdenklich. Aber sie war gespannt darauf, Marks Frau Angelika kennenzulernen, die sie nur einmal kurz getroffen hatte. Außerdem wollte sie das Haus sehen, das die beiden frisch renoviert hatten. Ein Arbeiterhaus aus den frühen dreißiger Jahren. Sie war ganz begeistert gewesen von den Fotos, die Mark uns auf seiner Digitalkamera gezeigt hatte. Mark trug die Kamera immer bei sich, weil es immer etwas vorzuzeigen gab: das Haus, das langsam entstand, früher auch allerlei Porträts der jeweils neuesten Liebschaft, heute eher seine beiden Kinder, die ohne jeden Zweifel sehr süß waren.

Die beiden Kinder waren, wie sich herausstellte, nicht da. Das wunderte mich, da ein Grillabend eigentlich ja sehr kinderkompatibel ist.

»Sind bei Omma und Oppa«, erklärte er kurz und bündig, wie es seine Art war. Ich überlegte, ob sie die Kinder unseretwegen abgegeben hatten. Um uns nicht zu belasten. Was kommt da auf uns zu? Werden in den nächsten Jahren alle unsere Freunde ihre Kinder vor uns verstecken, so wie man Schnaps und Liköre vor Alkoholikern versteckt? Werden wir warten müssen, bis die Kinder in die Pubertät kommen, schwierig werden und Pickel haben, bis sie uns sagen: »Darf ich vorstellen, mein Sohn Paul, er geht in die achte Klasse – jetzt solltet ihr euch mal kennenlernen.«

Gegrillt wurde auf der Terrasse hinter dem Haus. Mark zeigte uns stolz seinen neuen Grill, einen kugelförmigen, der mit einer Gasflasche betrieben wurde. »War ein Schnäppchen im Baumarkt«, sagte er. Ich legte vier Nackensteaks und acht weiße Rostbratwürste zu den Vorräten, von denen auch ohne meinen Beitrag eine ganze Fußballmannschaft satt geworden wäre, und zeigte dann mit nacktem Finger auf den Gasgrill: »Ist ja schon irgendwie was für Weicheier.«

Mark sah mich feixend an. »Du lehnst dich zu weit aus dem Fenster, mein Lieber.«

Angelika lachte. Sie wusste offenbar Bescheid. Seltsamerweise machte es mir nichts aus. Ich nahm mir ein paar lange Sekunden Zeit, um über mich selbst zu staunen.

»Solange er nicht mit Solarenergie grillt, geht's noch«, sagte Sonja.

Wir lachten alle, Mark auch.

Mark war derjenige meiner Freunde, der sich und sein Leben am allerwenigsten in Frage stellte. Nie hatte ich ihn beim Bier den so beliebten Biersatz sagen hören: »Ist doch alles scheiße.« Irgendwie tat mir das gut.

Die Würstchen waren noch nicht mal auf einer Seite braun, als Sonja Angelika fragte, ob sie das Haus sehen dürfte. Ich blieb alleine bei Mark dem Grillmeister. Als die Frauen weg waren, fragte er: »Na, alles gut?«

»Geht so.« Ich wusste, bei Mark konnte ich in dem Punkt gefahrlos die Wahrheit sagen. Er würde eh nicht darauf eingehen.

»Sieht man dir an.«

Das traf mich nun doch. »Echt?«

»Nein.« Er boxte mir auf die Schulter. »War nur Spaß, Mann. Du siehst aus wie immer.«

Ich nahm die Grillzange und drehte die Würste um. »Sehen gut aus.«

»Ja. Die sind super.«

Die Frauen blieben länger. Mark erzählte mir irgendwas von seinem Job und einer Reise nach London, die anstand, und erzählte dann so ganz nebenbei von Angelikas »Schnapsidee«: »Sie will eine Agentur gründen.« Dazu prustete er, als wäre allein schon das völlig abwegig. »Und weißt du, für was?«

Wusste ich nicht, aber ich wusste, dass jetzt erst der richtig abwegige Teil kam, also sozusagen der Schnaps an der Idee. Er fixierte eines der dunkleren Würstchen und sagte: »Sie will tatsächlich eine Agentur gründen, um Kinder in Pflegefamilien zu vermitteln.«

Ich hatte nicht lange Zeit zum Nachdenken, was genau daran so abwegig war, als Mark es mir erklärte.

»Ist doch bescheuert. Als würde ich allein nicht genug verdienen. Von der Unruhe, die sie in unser Leben bringt, wenn sie eine Agentur eröffnet, mal ganz abgesehen.«

Plötzlich bekam ich leise Zweifel an meiner Mark-Theorie. War es möglich, dass auch er, der Macher, seine Männlichkeit in Gefahr sah, nur weil seine Frau etwas Eigenständiges aufziehen wollte? Jedenfalls wunderte es mich nicht, als er nun erzählte, dass sie sich »schon richtig gezofft« hätten deswegen.

Aber er hatte auch schon eine Idee, wie er ihre Pläne durchkreuzen konnte: »Ich mach ihr einfach ein drittes Kind. Dann kommt sie nicht mehr auf so einen Scheiß.«

Hätte ich ihm widersprechen sollen? Wahrscheinlich schon. Macht man aber ja doch eher nicht, wenn man zum Grillen eingeladen ist und einen netten Abend haben möchte.

Wenigstens gab ich ihm nicht recht, so viel Aufrichtigkeit war ich mir schuldig.

Als Sonja und Angelika zurückkamen, lagen sich die beiden in den Armen. Dafür war Sonja nur bei sehr guten Freundinnen zu haben. Ich weiß nicht genau, wieso, jedenfalls hob dieser Anblick meine Laune.

»Ich find das 'ne super Idee!«, sagte Sonja zu Mark.

»Was?« Er richtete seinen Blick wieder auf das Grillgut. Er ahnte wohl schon, welche Idee Sonja meinte und dass er hier womöglich öffentlich umgestimmt werden sollte.

»Na, das mit der Agentur.«

Zum Glück gab es noch reichlich Fleisch, das dringend gewendet werden musste. »Ah, ja, verstehe. Nee, klar, finde ich auch.«

Jeder der Anwesenden hörte, was er in Wahrheit fand, aber keiner sagte was. Mark nutzte die Gelegenheit: »Sag mal, Sonja, braucht ihr eigentlich den Dirigenten da vorne? Oder könntet ihr auch alleine spielen?« Und so befanden sich die beiden bald in einer munteren Konversation über Dirigenten, Loriot (der in einem Sketch auch mal dirigierte) und Jogi Löw (der auch eine Art Dirigent sei, wie Mark fand). Sie unterhielten sich prächtig, und Angelika und ich gaben uns Mühe, unser Gespräch nicht verstummen zu lassen. Während wir Belanglosigkeiten austauschten, versuchte ich, mit halbem Ohr mitzuhören, was Sonja Mark alles erzählte. Und was er ihr. Wenn ich es richtig verstand, hatte sie ihn soeben zu einem Konzert eingeladen. Das macht sie sonst eigentlich nie.

Auf der Fahrt nach Hause sagte Sonja fast versonnen: »Der Mark ist ja doch ganz nett.«

Als wir zu Hause angekommen waren, schlief Sonja sofort ein. Ich lag noch lange wach.

Unsere Erscheinung

Als ich zwei Tage später im Badezimmer stand und mit der Zahnseide hantierte, erinnerte mich Sonja daran, dass wir bald wieder in die Kinderwunschpraxis mussten. Ich wollte dort nicht hin. Ich wollte nicht wieder in einer Umgebung, die aussieht wie aus einem Penaten-Prospekt, meine Spermien in einen Becher bugsieren. Und an den Namen konnte ich mich auch nicht gewöhnen: Kinderwunschpraxis. Andere Praxen heißen ja auch nicht Bauchwegpraxis.

Ich hätte mein Kind gerne in den Dünen des Sossusvlei in Namibia gezeugt, in einem Zelt in den Alpen oder meinetwegen auch in einem Zwei-Meter-Ikea-Bett zu Hause. Aber nicht in dieser Praxis, die in ihrer Pastelligkeit so einfühlsam wirken sollte und wo der »Kaffee danach« schon bereitstand. Ich hätte mir, auch wenn ich nie ein Rock 'n' Roller war, doch ein bisschen mehr Rock 'n' Roll gewünscht.

Ich war gerade bei den hinteren Backenzähnen, als Sonja sagte: »Du weißt schon, dass es bald weitergehen muss?« Das Fragezeichen am Ende war nicht zu überhören.

»Was geht weiter?«

Sonja warf mir einen gefährlichen Blick zu, entschied

aber dann wohl, mir noch eine Chance zu geben. »Wenn wir ein Kind haben wollen, dann müssen wir wieder zum Onkel Doktor.«

»O nein!« Ich wickelte mir Zahnseide um den Hals und deutete an, mich damit zu erhängen.

»Das Zauberwort heißt: Insemination.«

»Inspermi...?« Ich stellte mich dumm.

Die Insemination, das wusste ich, weil auch ich mich nun hin und wieder gezielt um Informationen zur Problemlösung bemühte, war die erste Stufe der künstlichen Befruchtung: Die Spermien, die sich der Mann aus den Hoden schüttelt, werden aufbereitet und der Frau zugeführt, ein bisschen näher an die Eizelle heran, als es auf normalem Weg gelänge. Die Frau muss, indem sie kräftig Hormone schluckt, dafür sorgen, dass möglichst viele Eizellen besonders bereitwillig sind, die Spermien aufzunehmen. Bei den wenigsten führt das Ganze zum Erfolg.

Bevor Sonja mir alles noch mal erklärte oder doch noch sauer wurde, sagte ich schnell: »Ja, ich weiß Bescheid.« Darüber dachte ich dann einen Moment nach und stieß prompt auf eine Wissenslücke.

»Sag mal, wie genau kommen die Spermien noch mal in dich rein?«

»Mit einem Schlauch, an dessen Ende eine Spritze steckt. Willst du es noch genauer ...«

»Ach, nee, danke ...«

»Gut«, gab sie zu verstehen, dass sie mich verstanden hatte.

»Okay. Dann putze ich jetzt mal weiter meine Zähne.«

»Ja.«

Wir schwiegen beide eine Weile.

Irgendwann sah Sonja zu mir in den Spiegel. Wir schauten unsere Spiegelbilder an.

»Du bist gar nicht neun Zentimeter größer als ich«, sagte Sonja.

»Und ob.«

Sonja stellte sich auf die Zehenspitzen. Ich mich auch.

»Sag mal, warum machen wir diesen ganzen Scheiß eigentlich mit?«, fragte ich.

»Weil es klappen könnte.«

»Ja, könnte. Frauke meinte, wir könnten das knicken. Und Jörg hat es auch nicht gemacht.«

»Wir machen das jetzt. Basta. Schließlich bin ich es ja, die sich die Hormone spritzen muss. Du musst dir ja nur einen runterholen.«

Als ich später mit dem Rad auf dem Weg zur Arbeit war, hielt ich an der nächsten ruhigen Straßenecke und rief Jörg an. Ich hatte ihn schon länger mal wieder anrufen wollen, aber im entscheidenden Moment war mir dann doch nicht danach. Ich hatte Angst, dass wir uns nur gegenseitig was vorjammern würden.

»Du, ich bräuchte mal deine Expertise in Sachen Spermmüll, dringend leider.«

Jörg war gleich ganz Ohr. »Niemand kennt sich damit besser aus. Schieß los.«

»Sonja will eine Insemination machen. Ihr habt das nicht gemacht. Warum eigentlich nicht?«

»Weil der Arzt meinte, bei meinen Spermien wär das rausgeschmissenes Geld.«

Zum ersten Mal fiel das Wort Geld. Es würde in den nächsten Wochen noch öfter fallen.

»Wieso Geld?«

»Na ja, weil das kostet. Ein paar hundert Euro, wenn es nicht deine Krankenkasse übernimmt. Die Ärzte meinten, wir sollten gleich im Reagenzglas anfangen.«

Ich erinnerte mich daran, wie Jörg und ich im Hotelzimmer in Wien unsere Datenblätter nebeneinandergelegt hatten wie zwei Schuljungen, die Zeugnisse vergleichen. Wir hatten ziemlich genau die gleichen Zensuren bekommen. Ich beschloss, dass ich Sonja noch mal fragen wollte. Ich wollte ihr »Basta« nicht einfach so hinnehmen.

»Wir müssen uns mal wieder sehen«, sagte ich zu Jörg.

»Ja, müssen wir.« Es klang irgendwie müde.

»Du klingst müde.«

»Bin ich auch, total gestresst. Das Riesenhaus, der Garten, die Arbeit, die Kindersache, die nicht vorangeht. Ja, man kann mit Fug und Recht behaupten, dass ich müde bin.« Er klang gereizt.

»Nein. Lass uns mal ein Wochenende suchen und rausfahren. Vielleicht ein Wohnmobil mieten. Holland ist schön.«

»Ja, lass uns mal überlegen.« Er klang nicht so, als würde er auf den Vorschlag zurückkommen.

Noch bevor ich den Mut gefunden hatte, die Insemination in Frage zu stellen, konfrontierte mich Sonja zwei Tage später mit der nächsten Gewissheit. Ich saß im Büro, als sie anrief.

»Kannst du reden?«

»Nicht ganz so gut wie Harald Schmidt, aber …«

Sonja liebte solche Scherze.

»Also ja?«

»Ja.«

»Wir müssen einen neuen Termin machen.«

»Nicht schon wieder Zielsex!« Ich hoffte, meine Kollegen würden nicht zufällig durch die Tür hören.

»Nein, beim Notar.«

»Wieso das denn?«

»Jetzt hör mal zu.« Sonja wurde entsprechend ungeduldig. »Wir brauchen eine Erklärung vom Notar, weil uns die Ärzte in der Kinderwunschpraxis sonst nicht weiter behandeln.«

»Ach so?«

»Weil wir nicht verheiratet sind.«

»Verstehe ich nicht.«

»Stell dir vor, ich werde von deinen Spermien in der Praxis schwanger …«

»… schwer vorzustellen.«

»Ja, gut. Also, ich werde schwanger. Und du sagst dann: Tschüs, nicht mein Ding, wusste gar nicht, was ihr mit meinen Spermien vorhabt. Dann hätte die Praxis ein Problem. Der Arzt müsste Alimente bezahlen.«

»Geil.«

Ich musste also notariell beglaubigen lassen, dass ich weiß, wozu ich meine Spermienprobe abgebe. Die Ärzte hatten offenbar den Glauben an den intelligenten Mann aufgegeben.

»Und das kann man nicht in der Praxis unterschreiben?«, fragte ich nach.

»Nei – hein.« Sie fand offenbar, ich sollte es jetzt verstanden haben. »Felix. So hat man es mir erklärt. Passt es dir nicht? Dann sag's, dann lassen wir's. Könntest mich ja auch heiraten, wenn dir der Notar zu blöd ist.«

»Nee, schon gut. Dann lieber Notar«, sagte ich schnell. Sonja schwieg am anderen Ende der Leitung. So persönlich hatte ich das gar nicht gemeint.

»War Spaß«, sagte ich also, was auch nicht die ganze Wahrheit war.

»Mir egal.« Sonja war sauer. »Also: Du machst den Termin aus. Ich hab keine Lust, mich um alles zu kümmern.« Damit legte sie auf.

Unser Kinderwunsch hatte also inzwischen die Attraktivität von Hausarbeit erreicht: Wir stritten darum, wer wie viel machen musste. Mir war natürlich klar, dass ich mal wieder an der Reihe war, den Müll runterzutragen.

Als ich nach einem Meeting an meinen Schreibtisch zurückkehrte, sah ich die Mail, die mir Sonja geschickt hatte. Sie hatte schon zwei Notare für mich rausgesucht. Sie traute mir offenbar nicht zu, selbst welche zu finden. Ich schloss die Tür und rief den ersten der beiden an. Bloß nicht aufschieben, dachte ich.

Eine Frau nahm ab, der Stimme nach um die fünfzig. Ich sagte ihr, dass ich ihre Nummer von einer Kinderwunschpraxis bekommen hatte. Sie wusste sofort Bescheid.

»Gehe ich recht in der Annahme, dass es sich um eine homologe Insemination handelt?«, fragte sie mich.

»Bestimmt. Aber sagen Sie mir doch bitte kurz, was das ist.«

Sie seufzte. »Ich wollte wissen: Stammen die Samen von Ihnen oder von einem Dritten?«

»Nach meinem jetzigen Kenntnisstand beabsichtigt meine Freundin, von mir ein Kind zu bekommen.«

»Gut. Das wollte ich wissen. Wenn es nämlich die Samen von einem Dritten wären, wäre die Angelegenheit etwas komplizierter.«

»Finde ich auch.«

Sie lachte jetzt doch. »Sind Sie immer so lustig?«

»Nur wenn es sich anbietet.«

»Da wird Ihre Partnerin sicher viel Spaß an Ihnen haben.«

Ich nahm das mal als Kompliment.

Ich vereinbarte einen Termin für die folgende Woche. Die Frau sagte mir auch schon mal, wie lange es dauern würde (fünfzehn Minuten) und wie viel das Ganze kostete (einhunderteinundzwanzig Euro und achtunddreißig Cent).

Eine Woche später fuhren Sonja und ich in meiner Mittagspause zum Notar, der, wie es sich gehört, in einer Gründerzeitvilla am Stadtrand residierte.

»Würde ich auch nehmen«, sagte Sonja, als wir durch den Garten gingen.

»Das Haus oder den Notar?«, fragte ich.

Sonja verdrehte die Augen.

Dr. Kötter begrüßte uns in seinem Büro und wies auf zwei Stühle vor seinem Tisch. Die Urkunden lagen bereits vor ihm. Für den Preis, den der Notarbesuch kostete, nahm ich mir die Zeit, sie in Ruhe zu lesen. Sonja hieß in der Urkunde »die Erschienene zu 1.«, ich hieß »der Erschienene zu 2.«. Ich fand, das klang ein bisschen religiös, als wären wir Erzengel oder so etwas. Kurz dachte ich nach, ob es eigentlich auch einen Heiligen mit dem Ressort Fortpflanzung gibt und, wenn ja, ob es sich lohnen würde, dem mal ein Kerzlein anzuzünden.

Ich war gerade beim zweiten von zig Absätzen, als Dr. Kötter fragte, ob wir noch Fragen hätten oder ob er uns einfach alles erklären sollte. Er wollte offenbar lieber schnell fertig werden.

Mir war das egal. Ich las alles durch, während er ungefragt erklärte: »Da behandeln die Ärzte gleich viel befreiter, wenn sie wissen, dass sie keinen Unterhalt zahlen müssen.« Er sagte das ganz ernst und ohne jede Ironie. »Darüber hinaus verpflichten Sie sich, Herr Wegener, nach der Befruchtung die Vaterschaft anzuerkennen, und Sie, Frau Glaubacker, verpflichten sich, zur Vaterschaft die Zustimmung zu erteilen.«

»Ist das nicht automatisch so?«, fragte Sonja. »Ich meine, wozu mache ich das denn alles?«

Da hätte ich jetzt eigentlich ganz gern seine Meinung gehört. Mal sehen, was ein Unbeteiligter dazu sagt, dachte ich. Aber auf so unsicheres Terrain ließ sich der gute Mann nicht locken, stattdessen antwortete er wieder im Ton eines Gesetzestextes: »Bei Nichtverheirateten muss die Vaterschaft durch die Frau anerkannt werden, der Mann kann das nicht bewirken. Und außerdem verpflichten Sie sich gemeinsam, eine Erklärung zur Ausübung des gemeinsamen Sorgerechts abzugeben.«

»Was passiert denn, wenn die Erschienene schwanger wird und vom Erschienenen nichts mehr wissen will?«, fragte ich hartnäckig nach.

»Dann kann es sein, dass Sie die Vaterschaftsstellung einnehmen, inklusive Unterhaltsverpflichtungen, Ihnen aber kein Sorgerecht zusteht.«

Darauf war ich nicht gefasst gewesen. Ich machte große Augen und zog die Brauen darüber echauffiert in die Höhe. »Ich habe nach dieser Urkunde kein Recht auf ein gemeinsames Sorgerecht?«

Kötter blätterte zu Seite vier und zeigte auf einen Absatz, in dem stand, dass »die Durchsetzung der Vereinbarung rechtlich zweifelhaft und ungeklärt« sei.

»Das heißt, im Zweifelsfall bin ich der Depp.«

Kötter nickte. Sonja schaute drein, wie sie manchmal dreinschaut, wenn ich im öffentlichen Raum etwas zu kritisch bin: zwischen leicht genervt und peinlich berührt.

»Das ist ja praktisch«, sagte sie belustigt.

»Auf der sicheren Seite sind Sie, wenn Sie Ihre Partnerin heiraten.« Dazu lächelte er Sonja mit dem besten Juristenlächeln an, als wäre er selbst kurz davor, ihr einen Antrag zu machen.

»Warum müssen wir diese Urkunde unterschreiben, wenn sie sowieso nicht verbindlich ist?«, fragte ich.

»In erster Linie, um die Ärzte zu beruhigen.«

Wir unterschrieben und zahlten in bar.

Alle waren zufrieden. Die Ärzte, Doktor Kötter, Sonja. Nur ich nicht.

Die Schweigsamen

Von meiner großen Schwester stammte der Tipp, mich vor der Insemination doch mal mit Verena zu unterhalten. »Verena ist eine alte Freundin von mir. Ihr Mann hat auch eine nachgewiesene Zeugungsschwäche. Inzwischen haben die beiden einen Sohn, drei Jahre alt. Und weißt du was? Seit vier Monaten ist Verena zum zweiten Mal schwanger.«

Ich hatte Verena ein paarmal auf den Geburtstagen meiner Schwester gesehen, mich auch mit ihr unterhalten, allerdings war es dabei bisher nicht um die Details der Fortpflanzung gegangen. Ich rief sie an, und sie kam sofort zur Sache: »Frauke hat mir schon erzählt von euch. Ich kann dir sicher helfen, am besten wäre vielleicht, ihr kommt mal vorbei.«

Helfen? Sie wollte uns helfen? Und dazu mussten wir vorbeikommen? Wie zu einer therapeutischen Sitzung? Na gut, von mir aus.

Und so waren wir ein paar Tage später bei einem Paar eingeladen, das wir nur flüchtig kannten und mit dem wir jetzt mit allen Details über unsere Spermien und Eizellen sprechen würden. Als wir klingelten, war uns ein wenig mulmig. Hätten wir vielleicht doch Blumen mitbringen sollen? Ich hatte dagegen argumentiert, weil ich fand, dass es nicht aussehen sollte, als statteten wir einen Krankenbesuch ab. Jetzt, als wir so dastanden und darauf warteten, dass sich die Tür öffnete, hätte ich gerne etwas in der Hand gehalten. Nach Sonjas Hand wollte ich aber auch nicht greifen. Wie hätte das ausgesehen, wenn die Tür schneller als erwartet aufgegangen wäre und davor stünde ein Pärchen, er an sie geklammert wie ein Erstklässer an Mami?

Tom öffnete die Tür. Tom, der Problemspermamann, von dem ich eigentlich noch gar nichts wusste außer eben das eine. Er nahm uns die Jacken ab, bat uns in die Küche und fragte: »Wollt ihr was? Espresso, Cappuccino, Milchkaffee? Vielleicht Frappé?«

Hinter ihm stand eine Siebträgermaschine von ECM, die Mechanika IV, ich kannte das Modell. Tom teilte offenbar mein Hobby, mit verchromten Maschinen einen Kaffee zu kochen, den man auch mit einem Tchibo-Gerät herstellen könnte, ohne dass die geladenen Gäste einen geschmacklichen Unterschied erkannt hätten. Diese Siebträgermaschinen waren Statussymbole. Noch wirbt ECM damit, den »Rolls-Royce« unter den Kaffeemaschinen zu produzieren. Bald wird Rolls-Royce behaupten, die ECM unter den Autos zu sein. Wir Espressomänner wollen uns beweisen, dass wir Geschmack haben und völlig entspannt genießen können. Dummerweise hat sich die Kunst der Entschleunigung wohl auch auf unsere Spermien übertragen.

Tom hantierte noch am Siebträger, als Verena in die Küche kam. Sie deutete auf ihren Bauch: »Unser zweites Reagenzglas-Kind.«

Ich fand den Ausdruck ein bisschen merkwürdig. »Glückwunsch«, sagte ich trotzdem.

»Als ich das von dir gehört hab, dachte ich: Hätte Tom damals nicht gemacht. So schnell wäre der nicht zum Arzt gegangen.« Sie drehte sich zu Tom um, aber der schäumte gerade Milch auf und antwortete nicht.

Also erzählte Verena für ihn weiter: »Ich hab ihn dauernd gefragt, ob er nicht mal zum Arzt gehen will. Aber er ging und ging nicht.«

Tom servierte den Kaffee und verließ wortlos die Küche. Mir war das unangenehm. Hätte ich etwas sagen sollen aus Männersolidarität? Leider fiel mir nichts ein, was die Sache nicht noch peinlicher für ihn gemacht hätte, also schwieg ich.

»Tom hat sich einfach geweigert. Er sagte: Ich geh da nicht hin, meine Spermien sind in Ordnung, was soll da schon sein. Ich hab ihm gesagt: Wie kannst du so sicher sein, dass es an mir liegt, obwohl mein Arzt das Gegenteil behauptet. Freundchen, hab ich gesagt, es muss an dir liegen. Es sei denn, du beweist mir das Gegenteil. Hat alles nichts genutzt. Er wollte da nicht hin. Irgendwann ist er doch hin, hat er mir aber erst nicht gesagt. Er dachte wohl, er würde mich mit seinem guten Ergebnis überraschen können. Und weil das dann so bescheiden war, schwieg er einfach weiter.«

Es war jetzt schwierig, sie zu unterbrechen. »Er schwieg und schwieg. Ich hab ihm Telefonnummern hingelegt. Keine Reaktion. Irgendwann habe ich mich dann neben ihn gesetzt und ihm gesagt, dass ich ihn trotzdem lieben würde und wovor er denn Angst hätte. Erst da ist er mit der Sprache rausgerückt: ›Gut, du hast recht, meine Spermien sind scheiße.‹ Dann ging er aus der Wohnung, stieg ins Auto und ward erst tief in der Nacht wieder gesehen. Mit einer Riesenfahne. Er ist auch nicht ans Handy gegangen, ich hab mir weiß Gott was für Sorgen gemacht.«

Ich dachte an meinen letzten Rennradausflug. Und an Jörgs Vater. Jörg hatte mir erzählt, wie es war, als er vor vier Jahren seinen Eltern und seiner Schwester von seinem Problem erzählte: Die Familie sitzt beim Abendessen, ohne Jörgs Frau, und Jörg sagt: »Ich muss euch was sagen.« Alle schauen hoch und verstehen wohl sofort, dass es nichts Erfreuliches ist. Jörg erzählt, und seine Mutter und seine Schwester stellen Fragen, versuchen zu trösten. Der Vater sagt nichts, hört sich das Ganze eine Weile lang an, steht auf, schiebt seinen Stuhl an den Tisch, verlässt den Raum, kommt zehn Minuten später wieder zurück, zieht den Stuhl wieder vor, setzt sich und tut, als wär nichts gewesen. Jörg hat mir erzählt, dass er ein schlechtes Gewissen habe seinem Vater gegenüber, weil er ihm keinen Nachwuchs bescheren konnte und ihn mit einem Problem konfrontiert hatte, das nicht in sein Weltbild passte.

Ich selbst hatte bei meinem Vater erst gar keinen Versuch unternommen, darüber zu reden. Er hat mich auch nie von sich aus danach gefragt. Er wusste, dass ich weiß, dass er weiß, was meine Mutter weiß. Das genügte.

Wir Männer schweigen lieber über diese Sachen. Ich hatte es anfangs jedem erzählt, der es wissen wollte. Es war ein Reflex, ich dachte vielleicht, ich könnte so meine Sorgen teilen. Aber je länger das Problem bestand, desto lieber wäre ich damit allein gewesen. Inzwischen hasste ich es, im Treppenhaus auf Nachbarn zu stoßen, die freundlich grüßten, weil ich darin immer etwas Mitleidiges erkannte, auch wenn das mindestens zur Hälfte meiner Einbildungskraft geschuldet war. Sogar mit Jörg sprach ich nicht mehr allzu gerne darüber, wahrscheinlich, weil wir alle komischen Aspekte der Sache einmal durchhatten. Jetzt blieb uns nur noch die triste Realität. Die und unsere Freundschaft wollte ich aber am liebsten voneinander trennen.

Jörg hatte mir mal von einem Bekannten erzählt, den er aus der Zeit kannte, als er noch halbprofessionell Fußball spielte, sie waren ein paar Jahre sogar in derselben Mannschaft. Diesen Ex-Mitspieler traf er eines Tages in einer Saarbrücker Praxis für Reproduktionsmedizin wieder. Sie saßen sich zwanzig Minuten im Wartezimmer gegenüber, aber sie grüßten sich nicht. Zwei Monate nach dieser Begegnung traf er den Bekannten auf der Straße wieder. Diesmal sagten sie hallo und wechselten ein paar Sätze. Das Treffen in der Praxis erwähnten sie mit keinem Wort. Ein Jahr später traf Jörg denselben Bekannten wieder, wieder zufällig. Diesmal schob er einen Zwillingskinderwagen durch die Straßen. Jörg blieb stehen und beglückwünschte ihn zum Nachwuchs. Von der Klinik immer noch kein Wort.

Heißt es nicht, Frauen vergäßen manchmal die Details einer Geburt? Aus Selbstschutz, weil sie so schmerzhaft war? Offenbar sind auch wir Männer in der Lage, das Unangenehme aus unserer Wirklichkeit auszublenden.

Tom verhielt sich so, als säßen wir gar nicht in der Küche. Obwohl, er servierte uns ja Kaffee. Vielleicht waren wir in seiner Wirklichkeit Gäste eines Cafés, die er bediente, die sich privat unterhielten und deren Gespräch zu belauschen oder zu kommentieren nicht statthaft gewesen wäre. Kurz überlegte ich, Tom zu fragen, falls er wieder in die Küche kommen sollte, ob wir die Rechnung haben könnten. Ich vermute, er hätte sie uns wortlos hingelegt, und wenn wir bezahlt hätten, hätte er uns freundlich zur Tür begleitet, einen schönen Tag gewünscht und die Hoffnung ausgesprochen, wir möchten sie bald wieder beehren.

Aber vorerst kam Tom nicht in die Küche zurück. Dabei hätte mir seine Gesellschaft gutgetan.

Stattdessen berichtete Verena weiter. »Was ich wirklich unglaublich fand: Wir mussten uns vor einer Ethikkommission rechtfertigen. Die wollte sichergehen, dass wir es ernst meinen. Ich meine: Hallo? Würde ich aus Jux und Dollerei Hormone schlucken und Spritzen in mich hineinjagen? Wenigstens durften wir unsere Begründung schriftlich abgeben. Trotzdem fand ich das skandalös, wenn ihr mich fragt. Seid froh, dass es diese Ethiksache seit ein, zwei Jahren nicht mehr gibt.« Verena nahm einen großen Schluck irgendeines Kräutertees, in der Zwischenzeit musste er kalt geworden sein.

»Wir wollten jetzt erst mal mit der Insemination beginnen«, sagte Sonja vorsichtig, um das Gespräch in unsere Richtung zu lenken.

»Pillepalle«, sagte Verena. »Verlorene Zeit.«

»Ich kenne Leute, bei denen es geklappt hat«, sagte ich, als wollte ich uns selbst Mut machen.

»Kennst du die Werte von denen?«

»Nein«, gab ich kleinlaut zu.

Verena strich sich nickend über den Bauch. »Siehste. Ich will dir nicht zu nahe treten, aber so langsam, wie deine sind … Wie gesagt: Geldverschwendung.«

Kurz überlegte ich, ob ich mal nachsehen sollte, was Tom so trieb. Vielleicht schaute er Sport oder saß am Computer, und ich hätte mich danebensetzen können.

»Also, wir versuchen es trotzdem mal«, sagte Sonja und tätschelte meine Hand. Ich kam mir vor, als säßen wir in einer Paartherapiesitzung. In der vor allem ich therapiert werden sollte.

»Inseminationen klappen manchmal, wenn die Spermien in Ordnung sind, aber der Mann keinen hochkriegt. Aber das ist ja nicht euer Problem.« Pause. »Oder?«

Ich schwieg und tat, als hätte ich auch was mit den Ohren.

»Wartet mal. Ich zeig euch was.« Damit entschwebte Verena aus der Küche. Sie kam mit einem dicken Leitz-Ordner zurück, wie es sie heute eigentlich gar nicht mehr gibt in Privatwohnungen, es sei denn, man klagt gegen den Nachbarn oder lässt sich scheiden. Oder man versucht, auf künstlichem Weg ein Kind zu kriegen. Auf dem Ordnerrücken stand in eindeutig weiblicher Handschrift »Projekt Baby«. Ich war mir nicht sicher, ob das ironisch gemeint war oder eben gerade nicht.

»Alles Korrespondenz und Rechnungen. Vom Anwalt, von den Ärzten, von der Krankenkasse. Meine Kasse hat am Ende wenigstens einen Teil der Kosten übernommen.«

»Die Kosten wofür?«, fragte ich. Bisher wusste ich nur, dass die Insemination ein paar hundert Euro kosten würde, über das, was danach kommt, die Befruchtung im Reagenzglas, hatte ich mir noch keine Gedanken gemacht.

Verenas Blick bekam etwas Mitleidiges, als säße ihr eine Omi gegenüber, die gerade feststellt, dass ihre Aktien wertlos geworden sind. »Habt ihr euch wirklich noch nicht überlegt, wie ihr das finanziert, wenn ihr künstlich befruchten müsst?«

»Nein, noch nicht. Aber wir wissen natürlich, dass es teuer ist«, sagte Sonja schnell. Ob sie es wirklich wusste, war mir nicht klar. Später erfuhr ich: Sie wusste es.

»Soll ich euch sagen, was es bei uns gekostet hat?« Verenas Ton bekam etwas Verschwörerisches. Ich kannte den Tonfall von Mark, wenn er sagte: Soll ich dir sagen, welchen Gewinn ich diesen Monat gemacht habe? Ich musste nicht erst einwilligen, damit er mir eine astronomisch hohe Summe nannte. Wenn ich dann staunte, schien er immer sehr zufrieden mit sich. Ich nahm mir vor, nicht mit der Wimper zu zucken, wenn Verena gleich die Summe nannte.

»Fünfundzwanzigtausend«, sagte sie. »Pro Kind.«

Ich zuckte doch mit der Wimper. Ich starrte sie sogar regelrecht an. Ich hatte keine fünfundzwanzigtausend Euro. Sonja auch nicht. Ich kannte auch niemanden, der sie uns mal eben leihen könnte. Ich fühlte mich wie in einem dieser Vorabendkrimis, in dem Spannung dadurch aufgebaut wird, dass ein offensichtlich gewaltbereiter Mensch einem armen Kerl sagt, er solle ihm bis morgen seine x-tausend Euro Spielschulden zurückzahlen, sonst würde er es bereuen. Ich war jetzt dieser arme Kerl. Bislang hatte ich gedacht: Wenn nichts mehr geht, dann nehmen wir halt das Reagenzglas. Dass ich es mir gar nicht würde leisten können, war mir gar nicht in den Sinn gekommen.

Nicht zum ersten Mal in den letzten Monaten überkam mich schlagartig die Angst davor, Sonja zu verlieren. Sie würde sicherlich nicht ihr Leben lang bei einem Verlierertypen bleiben, der erstens einen Eierschaden hatte und zweitens keine Kohle, den Schaden zu beheben. Zum allerersten Mal dachte ich ernsthaft: Okay, das wird nichts. Tschüs, Kind. Tschüs, Sonja. Tschüs, schönes Leben. Ich konnte mich, bei meinen Talenten, ja noch nicht mal in den Alkoholismus flüchten. »I'm a loser, Baby, so why don't you kill me?«, sang es in mir. Ich mochte den Beck-Song, er gehörte zum Soundtrack meines Zivildienstsommers 1994, ich war zwanzig, frisch verliebt und alles andere als ein Loser.

Zum Glück kannte ich damals noch nicht die Geschichte von einem entfernten Bekannten von Frauke. Der, natürlich auch ein Leidensgenosse von mir, war nach Jahren des fruchtlosen Experimentierens schließlich von seiner Freundin verlassen worden. Und zwar mit der durch und durch logischen Begründung, sie liebe ihn zwar, aber sie könne sich noch weniger als ein Leben ohne ihn ein Leben ohne Kinder vorstellen.

Hätte ich von dieser Geschichte gewusst, hätte ich mich nach meiner Panikattacke wahrscheinlich nicht so einfach wieder zusammenreißen können. Doch so lauschte ich bald mehr oder weniger unbeteiligt der weiblichen Konversation, die weiter ihren Lauf nahm. Offenbar hatte Sonja die Höhe der Summe weniger mitgenommen als mich. Vielleicht, weil sie besser verdiente, vielleicht aber auch, weil sie eh schon einen Plan B in der Tasche hatte.

Tom kam zu meiner Überraschung doch noch mal in die Küche. Ich dachte, das würde dem Gespräch eine andere Richtung geben. Tat es aber nicht.

»Das Schlimme ist«, sagte Verena, »dass unsere Krankenkasse erst überhaupt etwas gezahlt hat, nachdem wir einen Anwalt eingeschaltet hatten. Und das alles nur, weil wir nicht verheiratet waren. Es war ein Kampf wie bei einer Scheidung. Und wenn ihr denkt, Tom wäre damals eine große Hilfe gewesen, so muss ich euch leider enttäuschen. Er hat nicht einmal die Post geöffnet.«

»Aber Tom ist doch selbst Jurist, oder?«, fragte Sonja zögernd. Auch sie sprach über ihn nur noch in der dritten Person, obwohl er jetzt direkt neben ihr saß. Vielleicht werde ich ja verrückt, dachte ich, vielleicht sitzt Tom gar nicht an diesem Tisch. Oder vielleicht ist er ja der »Erschienene«, und nur ich kann ihn sehen, so wie Meister Eder den Pumuckl. Ich hielt das nicht für ausgeschlossen.

»Tja … er wollte eben nicht. Frag den Spezialisten, hat er zu mir gesagt.«

An dieser Stelle öffnete Tom den Mund und sprach: »Noch jemand einen Kaffee?«

Die Frauen antworteten ihm, was mich von meiner Theorie der Nichtexistenz Toms abrücken ließ. Vielleicht erinnerte die Antwort auch Tom selbst daran, dass er existierte, jedenfalls war sie der Startschuss für einen sehr langen, sehr ausführlichen und für jeden, der keine Espressomaschine besaß, sehr langweiligen Vortrag zum Thema »Einfluss des

Mahlgrades der Bohnen auf die Kaffee- und Crema-Qualität unter Berücksichtigung der aktuellen Marktlage in West- und Südeuropa«.

Die Damen schwiegen. Ich lauschte ihm gebannt und fragte schließlich: »Weißt du, was cool wäre?«

»Was denn?«

»Ein Festwasseranschluss für deine Maschine. Dann gibt es kein lautes Pumpgeräusch mehr.«

Toms Augen leuchteten. »Das gibt's doch jetzt nicht! Das ist genau das, was ich mir gestern auch überlegt habe.« Dabei sah er mich an, als hätte er nach einer sehr langen Zeit zum ersten Mal wieder etwas Schönes erlebt. Ich dachte, dass wir bestimmt Freunde werden können.

Der Antrag

Ich wusste im Grunde auch nicht, warum Sonja und ich noch nicht verheiratet waren. Weil ich sie noch nicht gefragt hatte, vermutlich. Weil ich nämlich vorhatte, sie erst zu fragen, wenn wir ein Kind hatten. Allerdings hatte ich nicht die leiseste Ahnung, warum ich darauf warten wollte.

Ein paar Gründe, warum ich sie noch nicht gefragt hatte, möchte ich hiermit offiziell ausschließen:

1. Ich war *nicht* auf der Suche nach einer noch besseren Frau, die noch schöner ist als Sonja, noch lustiger, noch intelligenter. Auch nicht insgeheim. Ich wollte mit Sonja zusammenbleiben, und ich wollte ein Kind mit ihr.
2. Ich hatte *keine* Angst, dass Sonja von einer eventuellen Scheidung mehr profitieren könnte als ich. Sie hatte das größere Vermögen. Ungefähr dreimal so groß, glaube ich, ganz sicher bin ich mir aber nicht, weil wir uns – darüber bin ich ganz froh – noch nie gegenseitig unsere Kontoauszüge gezeigt haben.
3. Ich fand heiraten *nicht* spießig.
4. Ebenso fand es nicht spießig, dass der Mann den Antrag macht.

Folgende Gründe könnten schon eher eine Rolle gespielt haben, weshalb mein Antrag noch immer auf sich warten ließ.

1. Ich hatte Schiss. Wovor? Keine Ahnung. Vielleicht vor dem Erwachsenwerden? Vor dem, was manche die Ehehölle nennen? Dem Alltag mit Ring und Siegel? Davor, dass ich mich als Ehemann nicht mehr fragte, warum ich Sonja liebe, und es dann vielleicht einfach vergaß? Jedenfalls sagte ein Teil von mir: Achtung, die Ehe könnte auch alles verderben.
2. Ich war es nicht gewohnt, den ersten Schritt zu machen. Vielleicht noch beim ersten Kuss. Aber danach nicht mehr. Ich hatte mich daran gewöhnt, dass Sonja die großen Entscheidungen fällte: zusammenziehen, Wohnung aussuchen, Wohnung kaufen, mich zum Urologen schicken, Kinderwunschzentrum aussuchen, Notar anleiern. Sonja ist in unserer Beziehung der *Mover and Shaker*, Mark benutzte die Wendung manchmal. Ich *shakte* nur mein bestes Teil in letzter Zeit, weil meine Spermien nicht *movten*.
3. Mir fehlte der gesellschaftliche Druck. Nie sagte jemand zu mir: Los, Felix, jetzt wird es aber mal Zeit, Sonja zu fragen. So wie es vor einer Generation noch üblich gewesen wäre. Aber ich funktioniere nun mal am besten unter Druck, so war es in der Schule, in der Uni, bei der Arbeit. Warum sollte es ausgerechnet hierbei anders sein?
4. Die Kohle. Ich weiß, das ist furchtbar unromantisch. Aber Jörg hat mir mal erzählt, dass seine Hochzeitsfeier

fünfzehntausend Euro gekostet hat. Marks Hochzeit fand auf einem Wasserschloss am Niederrhein statt und war sicher noch teurer. Okay, Sonja hatte bereits durchblicken lassen, dass sie keinesfalls ein Schloss am Niederrhein für uns beanspruchen würde, sollte ich mich je entschließen können. Ich war mir aber nicht sicher, ob sie es wirklich so wollte wie ich: am liebsten bei einem netten Italiener, fünfzehn Leute am Tisch, kein Firlefanz. Dafür Nachtisch, so viel jeder will.

5. Ich wusste nicht, wie. Im Ernst: Wie macht man jemandem einen gelungenen Heiratsantrag? Ich hatte von einigen Ritualen gehört, die waren mir so fern wie der Gedanke, statt Sonja einen Mann zu heiraten. Ich sah mich nicht mit roten Rosen antanzen. Ich sah mich auch keine klassische Musik auflegen. (Könnte nur danebengehen, man kocht ja auch kein Sieben-Gänge-Menü, wenn Alfons Schuhbeck zu Besuch ist.) Ich sah uns auch nicht in einem Sternerestaurant sitzen und mich einen Ring in ein Champagnerglas werfen. (So hatte es Mark gemacht, er erzählte es gerne.) Als ich ein Auslandssemester in Kapstadt verbrachte (ohne viel zu studieren natürlich), habe ich an einem Tag zusammen mit Freunden den Tafelberg bestiegen. Und oben angekommen, dachte ich: Wenn du mal 'ne Frau findest, machste ihr hier 'nen Antrag. Mittlerweile hatte ich bezüglich dieser Variante meine Bedenken. Vielleicht hätte Sonja die Mühen des Aufstiegs gar nicht genossen, vielleicht machen dort oben jeden Tag siebzig Westeuropäer ihrer Angebeteten einen Antrag, ich weiß es nicht. Jedenfalls war der Tafelberg

doch etwas zu weit weg, um eine echte Option zu sein. Und so weit war ich nie, dass ich zu Sonja gesagt hätte: Auf, Sonja, lass uns nach Kapstadt fliegen, dort einen schönen Urlaub verbringen, ganz spontan. Zu groß wäre meine Sorge gewesen, dass ich es mir zwischen dem Tag der Ticketbuchung und dem Tag der Tafelberg-Besteigung noch einmal anders überlege. Und jetzt mal zu Ende gedacht: Die Liebste mal eben so den Tafelberg hinaufhetzen, in der brütenden Hitze, um oben den inzwischen pisswarmen Sekt doch nicht aufzumachen? Nee.

So kam es, dass ich den besten Zeitpunkt verpasst hatte, Sonja zu fragen, ob sie meine Frau werden will. Seit der privaten Infoveranstaltung bei Verena und Tom wusste ich plötzlich, dass eine Hochzeit notwendige Vorbedingung war, dass wir ein Kind im Reagenzglas zeugen konnten, ohne uns für Jahre zu verschulden. Ich hätte nie gedacht, dass Sonja und ich mal eine Zweckehe eingehen würden. Sie ist Österreicherin, und Österreicherinnen sind in Deutschland schließlich geduldet, auch ohne deutschen Mann.

Das Bescheuerte war: Ich hätte jahrelang die Chance gehabt, vollkommen ohne jeden Hintergedanken an persönlichen Profit, Sonja zu sagen: He, komm, lass uns heiraten. Plötzlich fielen mir mindestens sieben Gelegenheiten ein, bei denen ich diesen Satz hätte sagen können:

1. Als Sonja mich zum ersten Mal zu unserem späteren Lieblingseisladen Filippin eingeladen hatte, mir eine

Kugel hinuntergefallen war und sie mir mit ihrem Plastiklöffel eine Kugel von ihrem Eis in meinen Becher schaufelte.
2. Als sich Sonja letzten Winter einen alten Wintermantel aus der Erbmasse meiner Großmutter überzog, darin durch die Wohnung tanzte, sich drehte und aussah wie die schönste Frau auf Erden.
3. Als ich Sonja nach ungefähr einem halben Jahr zum ersten Mal sagte: »Du, ich geh morgen ins Stadion«, und sie fragte, ob es mich stören würde, wenn sie mitkäme.
4. Als Sonja ein wichtiges Probespiel bei einem noch besseren Orchester, nun ja, vergeigt hatte und mindestens drei Stunden lang nicht aufhören wollte zu weinen.
5. Als ich Sonja einmal fast betrogen hätte und im vorletzten Moment merkte: Halt, stopp, du Idiot, was tust du hier eigentlich, meine Sachen packte und zu ihr flüchtete, und sie sagte nur: ›Schön, dass du da bist.‹
6. Als Sonja sich den Knöchel brach, operiert werden musste und nach der Operation zum ersten Mal ihre Augen wieder öffnete.
7. Als ich mir das Schienbein brach, im Fünfbettzimmer lag, weil ich nicht privat versichert bin so wie sie, und es nicht mehr aushielt vor Ungeduld, dass sie endlich kommt, und, als meine Sehnsucht nicht mehr steigerbar war, sich die Tür öffnete und sie dastand und strahlte.

Okay, die Sache im Krankenhaus wäre schwierig geworden, wegen der Mitpatienten. Ich hätte sie ja schlecht alle rausschicken können, lädiert, wie sie waren. Ein Antrag mit Zuhörern ist eher etwas für Menschen mit einem noch größeren Knall, als ich einen habe.

Nach dem Frühstück bei Verena vermied ich es, die jetzt offensichtliche Frage direkt auszusprechen. Sonja vermied es auch. Drei Tage lang. Dann sagte sie morgens, ohne von ihrem Kaffeebecher, den sie fest umklammerte, aufzusehen:

»Du, sag mal, was machen wir denn jetzt?«

Weil ich ein großer Held bin und drei Tage lang Zeit zum Nachdenken hatte, wie ich auf diese Frage reagieren sollte, sagte ich: »Ich hab mich das auch schon gefragt.«

»Und?«

Ich schnippelte einen Apfel für mein Müsli, als wollte ich den Apfel für etwas bestrafen. »Ich finde, wir sollten es erst mal so bei der Krankenkasse versuchen. Also bei deiner.« Ich wagte es nicht, meinen Blick von dem Apfel zu wenden.

Nach einer Weile sagte Sonja: »Okay.« Es klang ziemlich neutral. Ich konnte wieder hochgucken.

»Ich schreibe den Brief, versprochen. Ich habe mir sogar schon ein paar Notizen gemacht, das wird ein Brief mit so viel Geschick und Emotionen, da können die gar nicht nein sagen.«

»Du?«, fragte Sonja. »Schreibst den Brief?«

Kurz war ich beleidigt, doch dann fiel mir ein, dass ich dafür nicht in der Position war. Also tat ich so, als hätte ich sie gar nicht gehört. »Er wird in die Geschichte eingehen. Als ›das Pamphlet‹.«

Sonja musste gegen ihren Willen grinsen. Ich war froh, dass ich mir damit beim Heiratsthema einen kleinen Aufschub verschafft hatte. Und ich war froh, nun eine konkrete Aufgabe zu haben. Eine, der ich mich gewachsen fühlte. Eine Rechtschreibschwäche hatte ich nämlich ausnahmsweise nicht.

Vor Erleichterung wollte ich Sonja sogar einen Kuss geben, aber sie sagte nur: »Lass mal.« Ich ließ sie mal.

Am Abend sperrte ich mich zweieinhalb Stunden in unser kleinstes Zimmer ein, kaum größer als ein Kabuff, um an dem Brief zu feilen. Ich hatte fünf verschiedene Schriftarten ausprobiert, um mich am Ende doch für Times New Roman zu entscheiden. Ich hatte fünf verschiedene Einstiege ausprobiert und schließlich so angefangen: »Sehr geehrte Damen und Herren, wir schreiben Ihnen, weil wir gerne Eltern werden wollen.« Der Brief endete mit: »Wir bedanken uns für alle Mühen, die Sie sich für uns machen.«

Ich fand, mein Brief saß. Sonja fand das zum Glück auch. Wir schickten den Brief an einem Dienstag ab. Am Freitag kam die Absage. Ich hatte den Eindruck, als hätte sich Sonjas Krankenkasse nicht die gleiche Mühe gemacht wie ich. Sie schrieb: »Wir sehen uns leider außerstande, die Kosten für die Insemination und weitere Maßnahmen zu übernehmen, weil erstens keine eheliche Gemeinschaft besteht und zweitens die Ursache für den unerfüllten Kinderwunsch nicht bei Ihnen, sondern bei Ihrem Partner liegt.«

Wir schickten einen Brief auch an meine Krankenkasse, die immerhin den Problemverursacher als Kunden hatte, und bekamen auch von ihr eine Absage. Als Nächstes ließen wir einen Anwalt, den ich von der Uni kannte, einen weiteren Brief schreiben. Langsam fühlte es sich an, als wäre ein Sachbearbeiter bei uns eingezogen, in das kleinste Zimmer, von dem ich einmal dachte, es könnte ein Kinderzimmer werden. Der Mann, ich stellte ihn mir in einem grauen Anzug mit viel zu kurzer und zu enger Hose vor, die am Hintern kniff, saß neben uns beim Frühstück, beim Abendessen, er schaute sich mit uns den »Tatort« an und machte sich Notizen, wenn ich Sonja in den Arm nahm.

Diesmal lautete die Antwort: »Wir übernehmen die Kosten, wenn eine eheliche Gemeinschaft vorliegt.«

»Wir müssen heiraten«, sagte Sonja.

»Sieht so aus«, sagte ich.

Ich ging vors Haus und pumpte die Reifen sämtlicher Fahrräder, die ich besaß, auf viereinhalb Bar. Als ich wieder reinkam, stand Sonja im Flur: »Ich glaube, du musst dich entscheiden.«

»Jetzt warte mal ab.« Ich suchte einen Platz für die Luftpumpe. »Die Briefe werden ja schon freundlicher. Lass uns noch einen schreiben, dann sagen sie vielleicht ja. Vielleicht zahlen sie wenigstens den Anfang der Behandlung, ohne dass wir verheiratet sein müssen.«

»Verheiratet sein *müssen*?«

So was passiert, wenn ich mich in die Enge getrieben fühle. Wenn ich eigentlich etwas will, mich dann aber jemand zu dem zwingt, was ich eigentlich will, und ich deshalb nicht mehr will. Oder jedenfalls nicht kann. Nicht so richtig.

Sonja fixierte mich, und ihr Blick war so versteinert, dass sich dahinter nur die übelsten Gefühle verbergen konnten.

Alles von traurig über wütend bis zu endgültig resigniert. »Wäre es so schrecklich, mit mir verheiratet zu sein?« Ihr Ton war nicht weniger versteinert.

»Nein, natürlich nicht. Du weißt, wie ich es meine.«

»Nein, weiß ich nicht. Wie denn?«

»Na, anders halt. Ich will mir von denen nicht vorschreiben lassen, wann ich heiraten soll. Das bestimme immer noch ich. Oder wir.«

Sonja fixierte jetzt eine Weile den Boden.

»Felix, ich will eine Entscheidung. Bald. Wenn du nicht heiraten willst, okay, dann eben nicht. Aber dann müssen wir einen Plan haben, wie wir das bezahlen. Es gibt Banken, und wir können unsere Eltern fragen.«

Seltsame Vorstellung, das mit den Eltern. Das war, als sollte sich meine Mutter ein Enkelkind kaufen. Aber das war jetzt nicht die Hauptsache. Die Hauptsache war, dass Sonja nicht gesagt hatte: »Aber dann bin ich weg.«

»Es gibt noch eine Möglichkeit«, sagte ich vorsichtig.

»Welche?«, fragte Sonja scharf.

»Wir könnten klagen. Ich habe nachgelesen im Internet, unsere Chancen stünden gar nicht schlecht.«

»Verstehe. Du weißt, wie lange das dauert?«

Ich wusste es nicht, aber jetzt, wo sie fragte, hatte ich zumindest eine ungefähre Ahnung: zu lange.

»Du willst lieber einen Rechtsanwalt bezahlen als mich zu heiraten?«

Sonja fing an, die herumstehenden Schuhe zu sortieren. Ich hatte kurz Sorge, dass sie anfing zu weinen, aber dafür war sie offenbar doch zu verärgert.

Ich schwieg. Sie schwieg. Dann sagte sie: »Warum sprichst du jetzt nicht mehr mit mir?«

»Ich überlege.«

»Dann überleg mal schön.« Sie sagte das sehr laut und ließ mich im Flur stehen.

Fortan verharrte ich im Zustand des Überlegens. Über Tage. Ich war jetzt der Überleger. Sonja hatte große Freude daran, diesen Zustand zu kommentieren. Kam ich aus dem Bad, fragte sie: »Hast du geduscht oder überlegt?«, saß ich vorm Fernseher: »Überlegen nicht vergessen.« Nach dem Aufwachen fragte sie: »Überlegst du eigentlich auch, wenn du schläfst?« Nach ein paar Tagen variierte sie ihre Sprüche: »Gut Ding will Weile haben«, sagte sie, als ich eine Tiefkühllasagne zu früh aus dem Ofen holte. Als ich Champions League schaute, setzte sie sich daneben und sagte, scheinbar entrüstet: »Vollkommen unüberlegt! So darf man nicht spielen.«

Ich überlegte wie ein Wahnsinniger. Ich überlegte tatsächlich auch nachts, aber nur wenn ich wach lag, was jetzt oft vorkam.

Als auch das ohne Ergebnis blieb, fuhr ich mit dem Fahrrad zum Kemnader See, einem Stausee an der Ruhr, um den ich ganz gerne spaziere, wenn wichtige Entscheidungen getroffen werden müssen: Nehme ich den Job an? Trenne ich mich? Ziehe ich um? Der Kemnader See war mein See für Probleme. Ich versuchte, die problemlösende Wirkung des Sees dadurch zu steigern, dass ich Jörg anrief.

»Sag mal, soll ich Sonja heiraten?«

»Klar.« Er zögerte nicht einen Moment.

»Hattest du keinen Schiss, damals bei …«

»Na ja, ein bisschen. Aber das ist doch normal. Ehrlich gesagt wundere ich mich bei euch schon seit ’ner Weile.«

»Findest du mich feige?«

»So weit würde ich nicht gehen. Aber unreif vielleicht. Kindisch.«

»Kindisch?«

»Ja.«

»Wie alt? Fünf Jahre oder acht?«

»Sieben. Aber nicht älter.«

»Du würdest also sagen: heiraten.«

»Klar.«

»Gut, danke.«

Ich fühlte mich wie einer jener Wer-wird-Millionär-Kandidaten, über die ich mich schon oft aufgeregt hatte, weil sie erst einen Telefonjoker anrufen, der die Antwort ganz genau kennt, sich dann aber trotzdem nicht trauen, sich seiner Antwort anzuschließen. Und mit kleinem Gewinn nach Hause gehen.

Ich hatte wie gesagt den Plan, erst nach der Geburt unseres Kindes zu heiraten. Und irgendwie konnte ich mich von diesem Vorsatz nicht verabschieden. Dabei gab es keinen Grund, es nicht schon vorher zu tun. Im Gegenteil, spätestens jetzt gab es nur Gründe, es unbedingt vorher zu tun.

Drei Tage nach dem Seeausflug kam ich abends nach Hause, der Tag war anstrengend, ich war müde. Sonja saß auf der Couch und sah fern. Sie war noch nicht mal aufgestanden, um mich zu begrüßen.

Ich stand also etwas blöd im Wohnzimmer, noch immer im Mantel, während sie weiter zappte. Ich fühlte mich wie Felix Magath, kurz bevor er entlassen wird.

»Du musst übrigens unbedingt den Termin für den Reifenwechsel machen«, sagte sie, ohne mich dabei anzuschauen. Sie sagte es so, als rechnete sie nicht damit, dass ich das hinkriegen würde, ohne ausgiebig zu überlegen.

»Okay, mach ich. Und wenn ich schon mal 'nen Termin mache, können wir ja gleich noch einen machen.«

»Welchen?«

»Ja, *den*.«

Sie sah mich immer noch nicht an. »Aha.«

»Was, aha?«

»Du erwartest jetzt aber nicht, dass ich dir vor Glück um den Hals falle.«

»Keinesfalls.«

»Na, dann ist ja gut.«

Das war mein Heiratsantrag. Daran ist jetzt nichts mehr zu ändern.

Schwimmabzeichen

Meine Mutter jubelte, als ich ihr zwei Tage später mitteilte, dass Sonja und ich heiraten wollten. Auch mein Vater fand's gut so. Sonjas Eltern hatten die Neuigkeit, wie ich von meiner Zukünftigen wusste, eher reserviert aufgenommen. Sonjas Mutter hatte mitbekommen, dass ich mehr so ein Überleger war. Offenbar hat das meine Attraktivität als künftiger Schwiegersohn nicht gerade erhöht.

Ich bezog unser Bett frisch mit unserem Lieblingsbettzeug, ganz in Weiß. Es roch gut. Sonja war jetzt meine Verlobte. Das hörte sich ungewohnt an. Als ob ich den Begriff erst einlaufen musste wie einen neuen Schuh. Obwohl ich ja lange genug Zeit gehabt hatte, mir vorzustellen, wie es sich anhören würde.

»Wie soll ich dich jetzt eigentlich vorstellen? », fragte ich Sonja.

»An was hast du denn da so gedacht?«, fragte sie zurück.

»Na ja, vielleicht: Darf ich vorstellen, das ist Sonja …«

»Das ist ja schon mal sehr originell. Schämst du dich für mich als zukünftige Frau?«

»Quatsch. Ich war ja noch nicht fertig. Das ist Sonja, meine Verlobte.«

»Gut. Und ich würde sagen: Das ist Felix, mein Verlobter, der mir einen der unterirdischsten Heiratsanträge der Menschheitsgeschichte gemacht hat. Wäre das okay?«

Also rein von den Fakten her betrachtet, ließ sich da jetzt schlecht ein begründetes Veto einlegen. Trotzdem wollte ich diese Gelegenheit gern nutzen, um meiner Verlobten, die ganz sicher einen besseren, erinnerungswürdigeren Heiratsantrag verdient hätte, die tieferen Beweggründe darzulegen.

»Ich musste doch nur so lange überlegen, damit es ein guter Antrag wird …«

»Wie bitte?« Sonja klopfte energisch auf die Bettdecke.

»Es war nur auf den ersten Blick ein missratener Antrag. In Wahrheit war es ein minimalistischer Antrag, eine besondere Kunstform. Purismus. Auf den Knien rumrutschen kann doch jeder. Ich wollte es anders machen. Schlicht eben.«

»Hast du schlicht gesagt oder schlecht?«

»Ich dachte, du magst keinen Kitsch.«

»Zu wissen, was die eigene Frau an Kitsch mag und was nicht, gehört zu den Minimalanforderungen in einer Beziehung.«

Ich gab mich geschlagen. Der Versuch, die Deutungshoheit über meinen Antrag zu gewinnen, war gescheitert. Wahrscheinlich für immer.

Zwei Tage später hatten wir unseren ersten gemeinsamen Termin in der Kinderwunschpraxis. Bislang waren wir immer getrennt hingegangen. Jeder hatte unabhängig vom anderen seine Aufgaben verrichtet.

Wir schauten uns die Wand mit den Babyfotos an, und Sonjas Blick sagte unzweideutig: »Auch haben wollen.« Die Eltern hatten sich ja auch bemüht, ihren ein paar Tage alten Nachwuchs vorteilhaft abzulichten. Die Vornamen hatten sie auch daruntergeschrieben. Die Kinder hießen Maximilian, Johanna oder Alexander. Einen Mohammed habe ich nicht entdeckt. Hier war die Gesellschaftsschicht Kunde, die auch bei Manufactum einkauft – so lange und ausgiebig, bis es die guten Dinge in den eigenen Geschlechtsorganen nicht mehr gibt. Dass die Sache hier Tausende von Euros kostet, schockiert sie nicht.

Wir saßen einem jungen Arzt gegenüber, den ich noch nie getroffen hatte und der irritierend gut aussah. Er begrüßte Sonja fast überschwänglich, sie kannte ihn also schon ganz gut. War sie deshalb so euphorisch nach dem ersten Treffen nach Hause gekommen?

»Herr Wegener, schön, Sie auch einmal persönlich kennenzulernen. Das ist ja heute«, er schaute auf seine Unterlagen, »Ihr erster gemeinsamer Termin bei uns, richtig? Es geht um Ihre erste Insemination. Sie wissen ja Bescheid. Ihre Aufgabe ist wie immer dieselbe.« Er lachte wie ein Mann, der mehr über einen weiß, als einem lieb sein kann.

Ich nickte wissend, obwohl ich bis auf meine Aufgabe wenig wusste. Außerdem hatte ich keine Lust, mir von ihm das Prozedere der indirekten Befruchtung erklären zu lassen. Erst recht nicht vor Sonja. Ebenso wenig wollte ich wissen, wie viele seiner vom heimischen Mann enttäuschten Patientinnen für ihn schwärmten. Befruchtungsmediziner, dachte ich, muss ein richtig guter Beruf sein.

Er erklärte uns, dass Sonja seit einer Woche Hormone nehme, damit sie bessere Eizellen produzierte als üblich. Und meine Spermien würden jetzt speziell aufbereitet. In vier Tagen würden wir uns wiedersehen, dann wollte er Sonja die gepimpten Spermien einspritzen. »Denken Sie bitte daran, dass ab heute eine Karenzzeit bis zur Insemination von Vorteil ist.« Karenzzeit, ich hätte beinahe etwas gesagt. Seit unserem missglückten Terminsex lebten wir so enthaltsam wie zwei betagte Nonnen.

Wir hatten kaum das Sprechzimmer verlassen, als mir einfiel, dass ich vergessen hatte, nach den Erfolgsaussichten zu fragen. Aber Sonja hatte sowieso schon entschieden, wie es weiterging.

»Ich wusste gar nicht, dass du schon seit einer Woche Hormone nimmst«, sagte ich.

»Na ja, ich hab's dir nicht erzählt, weil du zu beschäftigt warst mit Überlegen. Aber ist dir nicht aufgefallen, dass die Sachen im Badezimmerschrank liegen?«

War mir nicht aufgefallen. Ich durchsuche unseren Badezimmerschrank normalerweise nicht wie ein Dopingfahnder nach verdächtigen Hormonpräparaten. Sagte ich aber nicht so. Draußen verabschiedeten wir uns bald. Ich musste ins Büro, Sonja nach Hause zu ihrer Geige.

»Mark hat angerufen. Er kommt mit ins Konzert«, erzählte Sonja mir abends, noch bevor ich meine Schuhe ausgezogen hatte. Insgeheim hatte ich gehofft, dass Mark Sonjas Einladung einfach vergessen würde. Hatte er aber nicht. Mein Freund Mark gehörte ins Stadion oder in eine Kneipe, aber nicht in einen Konzertsaal. Wenn Mark Rossini hörte, dachte er sicher an jenen italienischen Stürmer, der bei der WM 1982 in Spanien Torschützenkönig wurde, allerdings nicht Rossini hieß, sondern Rossi.

Sonja fragte mich der Form halber, ob ich mitkommen wollte, ich konnte allerdings nicht, wegen eines Arbeitsessens. Ich hatte eigentlich gedacht, sie wüsste das. Andererseits führte ich auch nicht gerade Buch über Sonjas Termine, durfte mich also nicht wirklich beschweren. Also beschwerte ich mich nicht und nannte nur die Fakten: »Kann nicht. Das Arbeitsessen.«

Sonja machte ein Ach-stimmt-ja-Gesicht. Ein etwas übertriebenes, wie ich fand. Und sagte: »Angelika kommt übrigens auch nicht mit.«

»Ah«, sagte ich.

»Wie: Ah?«

»Nur so: Ah.«

»Alles klar mit dir? Du kannst ja nachkommen, wenn du willst. Wir gehen danach noch was Kleines essen.«

Das wurde immer besser. Und nach dem Essen noch in eine Bar. Ein Gläschen Crémant vielleicht? Einen kleinen Cocktail? Ich kannte Mark. Er konnte gut flirten.

»Ja, ich überlege mal«, sagte ich, obwohl es in diesem speziellen Fall nichts für mich zu überlegen gab. »Aber ich will euch nicht den schönen Abend verderben.«

Es passierte etwas, womit ich so nicht gerechnet hatte. Sonja rannte in ihr Zimmer, knallte die Tür zu, und nach einer Weile hörte ich von dort ein lautes Schluchzen.

Ich klopfte. Keine Reaktion. Ich klopfte noch einmal. Immer noch nichts. Dann riss sie die Tür auf. Sie war tränenüberströmt.

»Warum bist du so gemein?«

Ich war völlig perplex und wusste gar nicht recht, was genau sie so gemein fand. Das bisschen Eifersucht musste ja wohl gestattet sein – sie sollte sich lieber darüber freuen. Aber ich wollte auch nicht im Recht sein. Ich wollte sie trösten, ich wollte sie so nicht sehen. Sie sollte keinen Grund haben zu heulen. Erst recht wollte ich kein Grund sein. Also sagte ich: »Ich hab das nicht so gemeint.«

»Aber wie meinst du das denn alles, was du so sagst?«

»Ich weiß auch nicht. Es war jedenfalls nicht böse gemeint.« Sie verwirrte mich. Eine Grundsatzdiskussion aus heiterem Himmel. Wegen Mark?

»Das glaub ich dir nicht. Ich nehme zu, ich passe in nichts mehr rein, keine Hose sitzt mehr ordentlich, der Hormonscheiß macht mich schwabbelig wie einen Schwamm, bald ist Winter, und wir können bestimmt niemals im Leben Kinder kriegen. Das ist doch alles scheiße.«

Sie knallte die Tür wieder zu und weinte bitterlich weiter. Minutenlang. Ich brachte ihr einen Kräutertee, aber den wollte sie nicht.

Die nächsten Abende verliefen ähnlich. Wir stritten uns. Worüber? Keine Ahnung. Wegen nichts. Sonja schien traurig, verzweifelt. Ich kannte sie so nicht. Statt mit mir ins Kino zu gehen, hockte sie missmutig auf dem Sofa, sie wollte weder alleine noch mit mir zusammen sein, sie räumte wütend ihren Kleiderschrank auf und stopfte bergeweise Kleider in Plastiktüten. »Passt mir eh nicht mehr, kann ich ja gleich wegschmeißen, ein Walross braucht keinen Jeansrock.« Die Tüten blieben dann tagelang unangetastet im Flur stehen, bis ich sie im Schlafzimmer hinter der Tür versteckte.

Waren das die Hormone, die sie nahm? Ich rief Frauke an, die kannte sich schließlich mit so was aus. Sie ließ sich die Namen von den Packungen im Badezimmerschrank durchgeben, Clomifen und Utrogest, und zählte mir dann im sachlichen Ton die Nebenwirkungen auf: depressive Verstimmungen, Stimmungsschwankungen, Hitzeschübe, Kopfschmerzen. Klang spitze. Der Text auf dem Beipackzettel hätte von mir sein können. Sonja ließ keine der möglichen Nebenwirkungen aus. Meine Stimmung schwankte auch: zwischen Mitleid und Selbstmitleid.

Das Arbeitsessen, die Parallelveranstaltung zum Sonja-Mark-Konzertbesuch, wurde noch schlimmer, als ich befürchtet hatte. Vor dem ersten Gang gab es in einem sehr noblen Restaurant erst einmal Pils für alle. Auch für mich. Ich dachte: Kann ja mal nicht schaden. Eine Runde, zwei Runden. Essen können wir ja später noch. Hilfe, dachte ich, wo bleibt die Vorspeise? Als sie endlich kam, stopfte ich mir Gänselebermousse auf Blätterteig in den Hals, als wäre ich selber eine Mastgans. Dann kam der Wein dran, ich willigte ein. Erst beim zweiten Glas stieg ich mit dem Hinweis aus, dass ich noch fahren müsste. »Na und«, freuten sich die anderen, »wir doch auch, und bestimmt weiter als Sie.« Schallendes Gelächter.

Mir war langsam richtig schlecht. Ich rutschte auf dem

Stuhl herum, hatte Schweißausbrüche. Vielleicht fühlte sich Sonja so mit ihren Hormonpräparaten, dachte ich. Ich schaffte es gerade noch auf die Toilette, bevor ich mich übergeben musste. Ich stocherte im Hauptgang, trank das Wasser fast alleine leer und verzweifelte innerlich, als ein Kollege sich den letzten Schluck eingoss. Ich verzichtete auf das Dessert, wodurch mein Chef den Ernst der Lage endlich erkannte, denn ich war bekannt dafür, dass ich nie, niemals einen Nachtisch stehenließ, eher noch einen zweiten hinterherbestellte. Jetzt orderte ich stattdessen Kamillentee und spürte pelzigen Belag auf den Schneidezähnen.

»Gehen Sie nach Hause, Herr Wegener«, kamen die erlösenden Chefworte noch vor dem Tee. »Sie müssen ja morgen sehr früh zum Flughafen.« Nette Lüge. In Wahrheit muss ich fast nie irgendwohin fliegen.

Ich radelte langsam nach Hause, der frische Wind tat mir gut. Sonja und Mark noch zu besuchen kam überhaupt nicht in Frage, auch wenn meine Eifersucht sich nicht mehr akut anfühlte. Mein Schlafbedürfnis war dagegen sehr akut. Im Bett angekommen, schrieb ich Sonja eine SMS: »Mein Magen spielt verrückt. Bin schon im Bett.« Keine Reaktion. Ich wartete ganze zehn Minuten und tippte eine zweite SMS: »Mir geht es richtig schlecht. Freue mich, wenn du wieder da bist. Ich bin besser für dich als Mark.« Das war lächerlich. Und, diesmal völlig zu Recht, wieder keine Antwort von Sonja. Die Eifersucht kam zurück. In meinen Gedanken knutschten die beiden bereits.

Sonja kam sehr spät nach Hause.

»Wie war's?«, fragte ich sie am nächsten Morgen. Sie saß am Frühstückstisch und hielt sich den Kopf.

»Schön.«

Auf der Kommode im Flur stand ein Blumenstrauß. »Er hat dir wirklich Blumen geschenkt?«

»Ja.« Glücklich schien sie nicht. Nicht mehr. Sie litt.

»Und wie geht's jetzt weiter mit dir und Mark?«

»Er kommt jetzt zu jeder Vorstellung mit, und danach gehen wir immer essen, er wird mir immer Blumen mitbringen. Er wird mein Konzertfreund.«

»Sehr witzig.«

Sonja gähnte. »Und bei dir?«

»Ich hab gekotzt. Nach zwei Pils und einem Glas Chianti oder so was.«

»Was machst du auch? Du weißt doch, dass du die ganz harten Sachen nicht verträgst.«

Ich griente schief.

Erst am späten Nachmittag ging es ihr etwas besser. Wir gingen ins Café Kostbar, Kuchen essen. Die Aussicht auf ein Stück Mandarinen-Schmant-Kuchen hatte ihr wieder etwas Leben eingehaucht. Wir belegten die letzten freien Plätze. Wir hatten unser kleines Ritual: Wenn wir gerade noch einen freien Platz ergatterten, sagten wir »Fügung« oder »Schicksal«, manchmal sogar synchron. Diesmal sagte ich »Fügung«, und Sonja versuchte synchron dazu zu lächeln. Dann setzte sie sich und hielt sich wieder den Kopf.

»Felix, ich bin froh, wenn das alles vorbei ist«, sagte sie, noch bevor der Kuchen kam.

»Ist es nicht unglaublich, dass so ein paar Hormone alles durcheinanderbringen können?«, fragte ich vorsichtig.

Sonja nickte milde und trank ein Schlückchen von ihrem Wasser.

Die Tür öffnete sich, und eine Frau schob ihren Kinderwagen herein. Sie schaute sich suchend nach einem Platz um. »Wir wollten gerade gehen«, hörte ich eine ältere Dame am Nachbartisch sagen.

»Wir auch«, sagte ich zu Sonja. Sie stand sofort auf. Wir ließen die Getränke stehen, verzichteten auf den Kuchen und hinterließen zehn Euro auf dem Tisch. Uns war nicht nach Müttern.

Spätestens jetzt wusste ich, dass sich etwas verändert hatte. Früher war ich damit einverstanden, Kinder zu haben. Jetzt wollte ich sie unbedingt. Zum ersten Mal verstand ich Frauen, die feuchte Augen bekommen, wenn sie fremde Babys sehen. Damit wir uns richtig verstehen: Ich war nicht kurz davor, loszuheulen wegen eines Säuglings, der am Nachbartisch in die Windeln macht. Aber ich stellte mir die Frage nicht mehr, ob ich tatsächlich auch so ein Kind haben wollte oder nicht. Wer so lange rumprobiert, sollte wohl auch lieber aufhören mit der Fragerei. Aber ich hörte nicht deshalb auf. Ich wollte einfach. Alle Zweifel waren weg.

Ich war jetzt auch, was den Kinderwunsch angeht, eine ziemliche Frau geworden. Wobei ich natürlich weiß, dass es auch ein paar Frauen gibt, die keine Kinder wollen.

Sonjas Stimmung besserte sich auch in den nächsten Tagen nicht. Und ich war ziemlich genervt von diesen Launen, auch wenn ich wusste, woher sie kamen. Manchmal ertappte ich mich dabei, dass ich die Ursachen für Sonjas Gemütslage verdrängt hatte. Durfte ich genervt sein? War es legitim, als Mann genervt zu sein, weil die Verlobte unter hormonellem Dauerbeschuss traurig und nörgelig wird? Wahrscheinlich nicht, erst recht nicht, wenn dieser Dauerbeschuss auf den eigenen Eiersalat zurückzuführen war.

Einmal, Sonja fühlte sich wieder schlapp und unglücklich, empfahl ich ihr, joggen zu gehen. Die frische Luft und die Bewegung würden ihr bestimmt guttun, war mein weiser Rat. Sie würdigte mich keines Blickes, aber von der Seite sah ich, dass sich in ihren Augenwinkeln schon wieder Tränen sammelten. Ich beschloss, fortan keine guten Ratschläge mehr zu geben.

Zwei Tage vor der Insemination musste Sonja sich selbst eine Spritze setzen, eine für meine Begriffe recht große Spritze, mitten in den Bauch, damit ihre Eier meine Jungs noch leichter willkommen hießen. Das Labor der Praxis hatte ihr genau mitgeteilt, wann das sein musste, damit es in den Zeitplan passte. Zufälle wurden, soweit es eben ging, vermieden. Sonja setzte sich die Spritze unter Ausschluss der Öffentlichkeit hinter verschlossener Tür im Bad, während ich im Wohnzimmer wie gewohnt die »Tagesthemen« schaute.

Am übernächsten Tag fuhr ich frühmorgens vor der Arbeit in die Klinik, um eine frische Charge Spermien abzugeben. Ich war längst routiniert darin. Diesmal würden meine Jungs nicht nur auf ihre Qualität überprüft, sondern es würden die besten unter ihnen ausgelesen. Swim-Up hieß das Verfahren. Bisher kannte ich nur Shut up, Stand up und Seven up.

Als ich den Ausdruck googelte, stieß ich als zweiten Treffer auf die Seite der brasilianischen Schwimmnationalmannschaft, »Swim it up« war ihr Motto. So schnell wie die würden meine kopflosen Samen wohl nicht werden. Es hätte mir aber schon gereicht, wenn sie die Seepferdchen-Prüfung bestanden.

Nach dem Swim Up war Sonja an der Reihe, meine gepimpten Spermien in Empfang zu nehmen. Ich kam nicht mit.

»War es schlimm?«, fragte ich sie abends.

»Nicht schlimmer als ein normaler Ultraschall.«

Dann fiel sie mir um den Hals. Was war denn jetzt wieder los? Das hatte sie lange nicht gemacht. Oder schwankten ihre Stimmungen jetzt auch in Richtung übertriebener Euphorie? Sachte befreite ich mich aus der Umklammerung.

»Ich hab was für dich«, sagte sie. Dann legte sie mir ein neues Spermiogramm auf den Tisch, in dem der frühmorgendliche Erguss ausgewertet war. »Überraschung!«, sagte sie und strahlte übers ganze Gesicht. Als ich es schaffte, meinen Blick von dem unerwarteten Strahlen abzuwenden, begann ich den Befund zu lesen. Darin stand, dass meine Spermien bereits vor dem Swim-Up zu dreißig Prozent völlig okay waren. Damit lag ich erstmals sogar über der Norm der Weltgesundheitsorganisation.

Hatte ich an diesem Morgen das Ejakulat meines Lebens produziert? Wäre ich ein Leistungssportler, hätte man mich vermutlich jetzt des Dopings verdächtigt. Mit diesen Werten standen die Chancen plötzlich gut, dass Sonja tatsächlich schwanger würde. Wie gut, dachte ich, dass ich mich zu dieser Insemination habe überreden lassen. Ich tänzelte durch die Wohnung wie ein brasilianischer Brustschwimmer.

In den nächsten Tagen bremsten wir unsere Euphorie. Wir wollten nicht zu sehr enttäuscht sein, wenn es doch nicht klappte. Aber insgeheim dachte ich: Ha! Ich hab es auf den letzten Metern doch noch allen gezeigt. Meine Ehre war fast wieder hergestellt. Seit langem fühlte ich mich zum ersten Mal wieder als Mann, nicht mehr als Männchen. Doch noch ein Kind auf halbwegs natürliche Weise!

Ich saß wieder einmal an meinem Büroschreibtisch, als Sonja anrief, nur wenige Tage später. Sie war nicht schwanger.

»Ich habe es mir so gewünscht«, weinte sie.

»Ich mir auch.«

Viel mehr gab es nicht zu sagen.

Am Abend spielte Sonja das Weihnachtsoratorium von Bach. Ich kam mit, um ihr zuzuhören und zuzusehen und einfach bei ihr zu sein. Hinterher beim Italiener beschlossen wir, das mit dem Swim-Up vorerst zu stoppen. Wir wollten uns durch die Hormone nicht auch noch unsere Hochzeit vermiesen lassen.

»Shut up, Swim up!«, rief ich zur Bekräftigung unseres Entschlusses im Stile eines Jazzmusikers.

»Yeah, yeah, yeah«, rief Sonja. Wir hielten uns fest im Arm. Die Schwimmnationalmannschaft ertrank im Kinderbecken.

Puschenhochzeit

Unsere Hochzeitsvorbereitungen romantisch zu nennen wäre beschönigend. Wir würden eine Zweckhochzeit feiern und wollten ehrlich mit diesem Tatbestand umgehen. Sogar der Termin wurde letztlich von außen bestimmt: Wir wollten die Inseminationsversuche nicht länger als zwei Monate unterbrechen. Das hieß, dass wir im Januar heiraten mussten. Kein Mensch heiratet im Januar. Es ist kalt. Es ist grau. Niemand ist so kurz nach Weihnachten in Feierlaune. Es gibt Leute, die fasten im Januar.

Also nahmen wir uns einfach vor, eine große Feier im Mai oder Juni nachzuholen. Und wussten, dass wir uns damit selbst belogen. Das behaupteten schließlich alle, die wegen widriger Umstände in meteorologisch eher uninteressanten Monaten heiraten – und tun es dann nie.

Vor unserem Standesamtbesuch hatten wir überlegt, ob wir die Sache auf die ganz schnelle Tour durchziehen sollten: eine Blitzhochzeit, quick and dirty, in Amerika, ganz ohne Gäste. Der Gedanke wurde wegen Unzumutbarkeit gegenüber unseren Müttern nach kurzer Bedenkzeit wieder verworfen. Worauf es dann kam, wie es immer kommt. Man sagt sich zu guter Letzt: Wenn wir schon Eltern und Geschwister einladen, dann auch noch ein paar andere, wird ja sonst doch zu langweilig. Trotzdem haben wir es nicht übertrieben. Wir beschlossen: Eingeladen werden nur Eltern, Geschwister, enge Freunde und die Nachbarn. Fünfzig Leute. Gefeiert wird nicht im Restaurant und auch nicht auf der Burg oder im Wasserschloss, sondern zu Hause.

Die Sache mit dem Zuhausefeiern zwang uns jedoch, weiter zu überlegen: Wir heiraten im Januar. Im Januar ist Winter. Im Winter schneit es manchmal. Selbst wenn es nicht schneit, ist es oft glatt. Und selbst wenn es nicht glatt ist, liegt auf den Bürgersteigen alles voller Splitt. Und Splitt ist anhänglich gegenüber Schuhsohlen. Und so würden von den hundert zur Hochzeit erwarteten Schuhen unweigerlich allerlei schwarze spitze Steinchen in unsere Wohnung getragen und sich auf dem fast kratzerfreien Parkettboden verteilen, den Sonja vor acht Monaten hatte verlegen lassen. Und von da an war es nur noch eine Frage der Zeit, bis der Eiche-Stabparkettboden einer Eislaufbahn glich.

Es war meine Idee, die Gäste zu bitten, statt ihrer Straßenschuhe in der Wohnung Puschen anzuziehen, um unseren Boden zu schonen. Ich fand das praktisch, Pumps sind eh nicht bequem, und kaum ein Mann steht wirklich auf seine schwarzen Lederhalbschuhe, die zu jeder Hochzeit wieder aus dem Schrank gekramt werden. Es sollte nagelneue Frotteeslipper für alle geben.

Nicht jeder fand die Idee so klasse wie ich. Meine Schwester Frauke dachte erst, ich wolle sie veräppeln. Als dieser Irrtum ausgeräumt und sie deshalb fast erstickt war, fragte sie: »Findest du das nicht spießig? Puschen auf deiner eigenen Hochzeit?!« Fand ich nicht. Ungewöhnlich, aber nicht spießig. Ich hatte mich in den letzten Monaten daran gewöhnt, in Arztpraxen zu wichsen und mich über die Einzelheiten der Gebärmutter zu unterhalten, da konnte ich doch auch bei meiner Hochzeit Puschen tragen. Wir schrieben also in die Einladungs-E-Mail: »Hausschuhe werden gestellt.«

Über eine kirchliche Trauung mussten Sonja und ich uns zum Glück gar nicht erst unterhalten. Ich bin vor ein paar Jahren aus der Kirche ausgetreten, und Sonja war noch nie eingetreten. Was wir hingegen klären mussten: Wer nach der Hochzeit wie heißen würde. Sonja hatte mir zum ersten Mal vor Jahren und danach in regelmäßigen Abständen immer wieder erklärt, dass sie ihren Nachnamen »niemals« und »für nichts in der Welt« hergeben würde. Schon gar nicht käme es in Frage, ihn gegen meinen Namen einzutauschen. Ich persönlich hätte es schön gefunden, wenn wir beide als verheiratetes Paar in Zukunft denselben Namen tragen würden, aber ich war auch nicht bereit, meinen Namen für ihren aufzugeben – was sie im Übrigen auch nie vorgeschlagen hatte. Ich wollte mir nicht vorstellen, wie meine Arbeitskollegen und alten Fußballfreunde reagieren würden, wenn ich ihnen sagen müsste: Von nun an bitte Glaubacker, Felix Glaubacker. Oder gar: Felix Glaubacker-Wegener. Nicht dass Wegener jedes Mal einen Schrei der Verzückung auslöste, aber es gibt doch irgendwo Grenzen.

Sonja und ich einigten uns also darauf, dass jeder weiter so heißen würde wie bisher. Sollte früher oder später tatsächlich ein eigenes Kind in unser Leben treten, würden wir spontan entscheiden, nach wem es benannt wird.

In dem Standesamt, wo wir unsere Hochzeit anmelden wollten, gab es zwei Schlangen: eine für Ausländer, eine für Deutsche. In der deutschen Schlange ging es zügig voran, in der ausländischen überhaupt nicht. Sonja hatte einen österreichischen Pass, sie musste zur langen Schlange, da half es auch nicht, dass ich »bei der Stadt« arbeitete. Nach anderthalb Stunden musste ins Büro und ließ sie alleine weiterwarten. Auch hier hatte ich wieder den leichteren Job.

Abends erzählte mir Sonja, dass sie in der Schlange ein Paar kennengelernt hatte: Sie war Deutsche, er Engländer und bereits einmal geschieden – in Schweden. Die Frau war im achten Monat schwanger, und als beide vor fünf Monaten beschlossen hatten zu heiraten, dachten sie, das noch vor der Geburt zu schaffen. Inzwischen dachten sie das nicht mehr. Sie waren schon auf verschiedenen Standesämtern gewesen und weihten Sonja in das geheime Wissen ein, welches Amt in Sachen Ausländer eher streng und welches nicht so streng war. Bochum lag mit seinem Amt offenbar irgendwo im Mittelfeld.

Nachdem Sonja sich mit dem Paar so weit angefreundet hatte, dass sie beschlossen, sich zu duzen, erfuhr Sonja nach knapp fünfstündiger Wartezeit von dem bestenfalls mittelfreundlichen Bochumer Beamten, dass ihr ein Ehefähigkeitszeugnis fehlte. Aus Österreich.

»Was ist das? Ein weißes Laken mit Blutfleck?«, fragte ich sie, als sie mir abends alles erzählt hatte.

»Nein, so eine Bescheinigung, dass ich noch nicht verheiratet bin. Das kann Monate dauern.«

Zu unserer Freude lag das Zeugnis dann doch schon drei Wochen später im Briefkasten. Nun sprach nichts mehr dagegen, an unserem vorläufig festgesetzten Zwecktermin zu heiraten. Fast nichts. Denn eine konnte an dem Tag dann doch nicht, auf gar keinen Fall: Sonjas Schwester. Also mussten wir den Termin verschieben. Sonja rief im Standesamt an und bat, den Termin um eine Woche zu verschieben.

»Das lässt sich machen, aber dafür müssen Sie wieder herkommen, telefonisch geht das nicht.«

Sonja traute ihren Ohren nicht. »Heißt das, ich muss mich wieder in der Ausländerschlange anstellen?«

»So ist es. Extrawürste können wir nicht braten«, sagte der freundliche Standesbeamte. »Aber Sie können ja über die deutsche Staatsangehörigkeit nachdenken, wenn Ihnen das sonst alles zu langsam ist.« Diese sei, wenn sie erst mit einem Deutschen verheiratet sei, auch besonders leicht zu beantragen.

»Wenn ich erst mal verheiratet bin, muss ich mich ja nicht mehr bei Ihnen anstellen!«, rief Sonja in den Hörer.

Diesmal lernte sie im Amt ein junges Paar aus dem Jemen kennen, das ein Längenproblem hatte: Der zusammengesetzte Name von Mann und Frau hätte jedes deutsche Formular gesprengt, und das ging natürlich nicht.

Als Sonja an der Reihe war, fragte sie, ob sie sich denn mit einem Kaffee-und-Muffin-Stand hier im Amt selbständig machen dürfe, bei Mindestwartezeiten von drei bis vier Stunden sei das sicherlich ein einträgliches Geschäft.

»Geht nicht.« Der Beamte schaute nicht von seinen Papieren hoch. »Sie als Österreicherin machen wahrscheinlich erstens einen besseren Apfelstrudel, und wenn ich den genehmige, dann wollen zweitens die Türken ihre Baklava, die Spanier ihre Tortilla und die Holländer Pommes verkaufen. Wie stellen Sie sich das vor?«

Plötzlich war Sonja wieder versöhnt mit der deutschen Bürokratie. So schön, meinte sie, hätte das wahrscheinlich nicht mal ein Wiener sagen können.

Seit Sonja keine Hormone mehr nehmen musste, war unsere Beziehung wieder harmonischer geworden. Ja, wir freuten uns richtig auf unsere Hochzeit, auch wenn es eine Zweckhochzeit war.

Mein Lampenfieber war bis einen Tag vor der Hochzeit ziemlich gering. Aber als ich an jenem Freitagmorgen aufwachte, der unser Hochzeitsmorgen war, war ich plötzlich doch aufgeregt. Die ganze Vorgeschichte, der Spermmüll, die Krankenkasse, das alles spielte keine Rolle mehr: Wir würden heiraten! Wahrscheinlich startete pünktlich zum Sonnenaufgang in meinem Hirn ein biologisch und soziologisch festgelegtes Programm, das mir sagte, dass es natürlich doch alles andere als nur ein Verwaltungsakt ist, eine Frau zur Frau für immer zu nehmen. Zum ersten Mal dachte ich: »Huch, das wird jetzt ein Tag, an den du dich dein ganzes Leben erinnern wirst.« Ich hätte nichts dagegen gehabt, wenn sich die Aufregung, die jetzt in einem Schub durch meine Innereien fegte, etwas auf die letzten Wochen verteilt hätte.

Ich rasierte mich mit leicht zittriger Hand und größtmöglicher Sorgfalt, weil ich wusste, dass Sonja mich glatt lieber mochte. Ich zog meine Krawatte gerade und schlüpfte in meine roten Festtagssocken. Die rote Armbanduhr ließ ich weg.

Sonja war bezaubernd. Sie trug ein Kleid meiner Schwester, das sie am Vorabend eigentlich nur »aus Spaß« anprobieren wollte, das ihr aber spontan viel besser gefiel als das, was sie sich selbst gekauft hatte. Also erschien meine Schwester stolz in Hosen zur Hochzeit, nicht ohne jedem Gast zu erklären, ihr eigenes Kleid werde von der Braut getragen.

Mein Vater erzählte jedem, der es wissen wollte, dass er seinen eigenen Hochzeitsanzug aus dem Jahr 1970 trug, und freute sich, wenn die Betreffenden die Hoffnung äußerten, ihre eigene Figur möge sich über die Jahre ebenso wenig ändern. Überhaupt machte er bei unserem Fest eine gute Figur: Er flirtete mit Sonjas Freundinnen und bot ihnen Zigarillos an, die sie draußen mit ihm rauchten. Ein bisschen hatte ich das Gefühl, dass mein Vater der männliche Held dieser Hochzeit war. Vielleicht legte er sich nur deshalb so ins Zeug, weil er Sonja signalisieren wollte: Hab keine Angst, in dreißig Jahren wird Felix so ein Kerl sein wie ich. Die Zeit kriegt ihr auch rum.

Das Trauzimmer war so voll geworden, dass die letzten Gäste stehen mussten. Als uns die Beamtin fragte, ob wir die Ehe miteinander eingehen wollten, sagte ich: »Nach reiflicher Überlegung schon.«

Später sagte mir Sonja, sie hätte mir am liebsten den Mund zugehalten, so viele Sprüche hätte ich während der Zeremonie abgesondert. »Ist dir nicht aufgefallen, dass die arme Frau schon völlig genervt war?«

War mir nicht aufgefallen. Vielleicht wollte ich ihr unbewusst signalisieren: Übrigens, ich bin hier der Pressesprecher, der Mann mit den flotten Sprüchen. Ich konnte mich aber tatsächlich an keinen weiteren Spruch erinnern. Ich war ohne jeden Zweifel schon zu Tagesbeginn vor lauter Aufregung in eine Art Trance verfallen. Auf den Fotos von der Trauung stehe ich so kerzengerade neben Sonja wie ein Konfirmand, der gegen Durchfall kämpft. Ich kenne mich mit dem Eherecht nicht so gut aus, aber ich nehme an, dass auch eine in Trance vollzogene Ehe gültig ist.

An den Kuss hingegen kann ich mich wieder gut erinnern. An den Beifall. Die Gratulationen, die Umarmungen. Vielleicht, weil da schon alles vorbei war.

Ich erzähle die Geschichte unserer Trauung inzwischen gerne so, dass ich während des Kusses gedacht habe: So, Krankenkasse, jetzt musst du zahlen. Aber das ist natürlich nicht wahr. Die Wahrheit ist, dass ich in diesem Moment nur gedacht habe: Sonja! Ich heirate Sonja! Die tollste Frau von allen! Das war nicht originell, aber später kam dann noch dazu: Wow, ich habe eben eine Frau geheiratet, die so rotzcool ist, einen Abend vor der Hochzeit ihr Kleid gegen das meiner Schwester zu tauschen.

Und dann dachte ich zurück an den Sommer 2003, als ich sie kennengelernt hatte. Es war auf einer Party in Berlin.

Ich sah uns wieder auf diesem Balkon stehen, sie rauchend und trinkend, ich neben ihr dummes Zeug redend, natürlich wie immer, ohne betrunken zu sein. Sie war es schon. Und sie war sehr schön. Fand ich schon damals. Als ich nach zwei Wochen den Mut aufbrachte, sie anzurufen, konnte sie sich nicht mehr an mich erinnern. Und als wir uns dann dennoch verabredeten und ich mich in der Kneipe bei unserem ersten Date wähnte, dachte sie die ganze Zeit nur: Der könnte was für meine kleine Schwester sein. Und ich dachte jetzt in diesem Moment: Und ich habe trotzdem die große gekriegt. Und eben habe ich sie geheiratet. Yeah!

Wir feierten wie geplant in unserer Wohnung, in zwei Zimmern, Küche und Flur, es gab Flaschenbier, Wein, Elsässer Flammkuchen, Musik aus dem iPod und für jeden ein Paar Hotelzimmerpuschen aus Frottee, auf die »Sonja & Felix« gestickt war.

Verena und Tom kamen mit frischem Nachwuchs. Johann, »Projekt-Baby Nr. 2«, war vier Wochen zuvor auf die Welt gekommen. Tom erzählte mir, als sie gerade nicht dabei war, dass Verena schon vom dritten Kind rede. »Ich mach da aber nicht mehr mit. Ich hab ihr gesagt, jetzt ist Schluss.« Er sagte es so, als würde er es vor allem sich selbst sagen und als wüsste Verena noch nicht so viel von seinem Entschluss. Er sah ein bisschen müde aus, als hätte er und nicht Verena das Kind zur Welt gebracht. Ich fragte nach dem Festwasseranschluss, um die Stimmung zu heben.

»Ach, stimmt ... Das mache ich noch. Bestimmt.« Er

lächelte ein bisschen traurig und wollte meine Kaffeemaschine sehen. Ich zeigte sie ihm mit Freude.

Später zog ich Jörg zur Seite und wies auf den Maxi-Cosi, in dem Johann schlief: »In vitro. Wir sind die nächsten.« Jörg winkte nur ab und nahm einen großen Schluck aus seiner Flasche. Ein paar Wochen zuvor war Jörgs und Tanjas vierter Versuch, durch Befruchtung im Reagenzglas ein Kind zu zeugen, gescheitert. Jörg wollte nicht mehr weitermachen, und darüber reden wollte er jetzt auch nicht mehr.

Von fünf der anwesenden fünfzehn Kinder wusste ich, dass sie nur mit Nachhilfe gezeugt worden waren. Dazu kam noch eine Adoption. Geschätzte neunzig Prozent unserer Gäste wussten, dass Sonja und ich die medizinische Technik bemühten, um schwanger zu werden. Wer die Zahlungsmoral der Krankenkassen kannte, konnte sich zusammenreimen, warum wir mitten im Januar heirateten. Ich trug meine roten Lieblingssocken, darüber weiße Hotelschlappen. Sollten es ruhig alle wissen.

Die Schlappen sahen übrigens wirklich bescheuert aus, Frauke hatte recht gehabt. Wir haben kein einziges Paar zur Erinnerung aufgehoben.

Männergespräch

Es fühlte sich prächtig an, frisch verheiratet zu sein. Ungefähr zwei Wochen lang. In dieser Zeit kamen noch ab und an verspätete Glückwunschkarten, von den Kollegen gab es Blumen, und wir zählten die Stimmkarten aus, die wir während der Hochzeit verteilt hatten. Wir hatten es unseren Gästen überlassen zu entscheiden, wohin unsere Hochzeitsreise gehen sollte, um uns selbst damit zu überraschen. Gewonnen hatte Barcelona. Aber Barcelona war erst mal ziemlich weit weg. Denn wir hatten beschlossen: Wir verreisen erst, wenn ein Kind da ist.

Gut möglich, dass wir Barcelona nie zu sehen bekommen, dachte ich. Vielleicht wird diese Stadt auf ewig ein Symbol sein für das, was uns verwehrt bleibt. Vielleicht werde ich als vereinsamter alter Mann ab und an in den Atlas schauen, Barcelona suchen und bitterlich weinen. Wenn es so kommt, werde ich es nie wieder ertragen, den FC Barcelona im Fernsehen spielen zu sehen. Es wäre schrecklich.

Wir hatten die erste Insemination verbockt, wir gaben uns zwei weitere, bis das Reagenzglas ins Spiel käme. Insemination hieß für Sonja, wieder Hormone zu schlucken. Ich musste wieder zur Spermaselbstproduktion ins Stübchen. Ich hoffte, Sonja würde diesmal von den Nebenwirkungen verschont bleiben. Aber schon bald wirkte sie wieder so matt und niedergeschlagen wie vor der Hochzeit.

»Wie geht es dir?«, fragte ich sie bewusst einfühlsam am dritten oder vierten matten Abend.

»Ich fühle mich wie ein Marshmellow, das an einem hinteren Backenzahn klebt«, sagte sie und lachte kein bisschen dabei.

Nach einer Woche sagte Sonja auf die gleiche Frage von mir: »Weißt du was, Felix: Hör einfach auf zu fragen. Am liebsten würde ich das alles hinwerfen. Es bringt einfach nichts.«

Ich zählte ihr die Paare auf, die schließlich doch Kinder bekommen hatten.

»Du hast Tanja und Jörg vergessen.«

»Ja, aber selbst die machen noch weiter.« Hoffte ich zumindest.

»Irgendwie ist das alles Unsinn: Vielleicht sollen wir einfach kein Kind kriegen. Vielleicht ist das nicht unser Schicksal. Vielleicht wären wir, wenn wir Kinder hätten, ganz schreckliche Eltern. Vielleicht wären wir beide dann nie wieder glücklich.«

Meinte sie das ernst? Wie wir beide als Eltern sein würden, was ein Kind aus uns machen würde, natürlich hatte ich mich das auch schon gefragt. Bei all den Mühen, überhaupt eines zu produzieren, hatten wir das noch gar nicht richtig besprochen. Und gerade jetzt hatte ich dazu auch wenig Lust. Dieses Kind, das noch nicht einmal gezeugt war, fing an, mir unheimlich zu werden. Was machte es aus Sonja? Sie wollte nicht so niedergeschlagen und – sagen wir es ganz offen – nervtötend sein, klar. Sie konnte nichts dafür, auch klar. Aber auch wenn ich wusste, woher diese Anwandlungen bei ihr kamen – sie zu ertragen wurde von Tag zu Tag schwieriger. Ich wusste, dass es mein Job war, sie aufzumuntern. Bloß wie? Und das immer wieder? Und wie lange noch?

»Wir werden bestimmt gute Eltern«, sagte ich pflichtschuldig.

Später auf dem Sofa – es lief *Goldfinger* in irgendeinem dritten Programm, James Bond versuchte, Fort Knox zu retten – weinte Sonja wieder. »Das hat doch keinen Sinn«, sagte sie. Ich weiß nicht, wie oft sie das sagte, bis sie schließlich einschlief in meinen Armen. Ich trug sie ins Bett und zog ihr die Kleider aus.

»Retten lassen wir uns später«, sagte James Bond gerade zu Pussy Galore, als ich mich wieder vor den Fernseher setzte. Wie recht er doch hatte.

Am nächsten Morgen sagte Sonja nur: »Wir machen weiter.« Kein Wort zum Vorabend. Ich nahm es hin, wie ich sowieso vieles in diesen Tagen einfach hinnahm.

Als ich abends nach Hause kam und sie fragte, wie es ihr gehe, nickte sie nur stumm. Wir deckten den Tisch. Ich gähnte, obwohl es erst acht Uhr war. Das wusste ich so genau, weil der Gartenrotschwanz aus unserer Küchenuhr zwitscherte. Meine Schwester hatte uns die Uhr zur Hochzeit geschenkt.

»Wie ist dein Gefühl für morgen?«, fragte mich Sonja.

Für den nächsten Tag war die zweite Insemination geplant. Die erste hatte trotz überraschend guter Werte nicht funktioniert. Mein Gefühl war schlecht, sehr schlecht.

»Ach, wenn meine Werte so gut sind wie beim letzten Mal: Wieso sollte es diesmal nicht klappen?«, sagte ich.

»Ich glaube nicht, dass es klappt«, sagte Sonja und legte Leerdamerscheiben auf einen Teller.

»Wieso nicht?« Ich versuchte einen aufheiternden Tonfall zu treffen.

»Nur so ein Gefühl.«

Ihre Stimme war fast tonlos. Jetzt kam die Teewurst auf den Teller. Teewurst mag ich, sie erinnert mich ans Abendbrot bei meiner Großmutter.

»Was willst du denn von mir hören?« Ich war ehrlich an Vorschlägen interessiert.

»Du sollst mir nicht sagen, was ich hören will. Sondern, was du denkst.«

»Das hab ich ja eben versucht.«

Sonja zuckte mit den Schultern und begann wortlos, sich ein Brot zu schmieren. Es war unerträglich still in unserer Küche, und darum schaltete ich das Radio an. Sonja sah mich an. Ihr Blick irgendwo zwischen desinteressiert und genervt. »Kannst du das bitte wieder ausschalten?«

»Wieso?«, fragte ich.

»So halt. Es stört mich.«

Ich musste an eine alte »Polizeiruf 110«-Folge denken. Zwei Typen spielen Schach. Einer, der, wie es schien, auf der Gewinnerstraße war und der noch fieser aussah als der andere, schaltete irgendwann das Radio ein. Und der Verlierertyp schaltete es wieder aus. »Ich muss mich konzentrieren«, sagte er. Hat den Fiesen natürlich nur dazu gebracht, das Radio wieder einzuschalten. So ging das ein paarmal hin und her. Am Ende ist der Fiese dem anderen an den Hals gegangen und hat ihn ordentlich geschüttelt. Hätte ich Sonja an diesen Gedanken teilhaben lassen sollen? Ich entschied mich dagegen.

Stattdessen machte ich mir wieder Sorgen um Sonja. Und war gleichzeitig unfähig, mit ihr darüber zu sprechen. Ich überlegte ernsthaft, ob man auf Clomifen hängenbleiben kann wie auf LSD.

Aber ich war auch wütend. Hätte uns diese Heile-Welt-Kinderwunschpraxis nicht bitte auf diesen ganzen Mist hier vorbereiten können? »Frau Glaubacker, Sie werden wahrscheinlich unter Depressionen leiden«, »Herr Wegener, Sie werden Ihre Frau vermutlich nicht wiedererkennen.« Wäre nett gewesen. Hatte aber keiner gesagt, zumindest konnte ich mich nicht daran erinnern. Auch hatte mir niemand gesagt, wie ich als Mann mit meiner Frau über das verdammte Thema normal reden sollte. Aber klar: So eine Kinderwunschpraxis verdient Geld, viel Geld. Man will die Leute ja nicht abschrecken. Wer in die Schönheitsklinik geht, wird dort auch nicht hören: Ach, Ihre Brüste sind doch so, wie sie sind, wunderbar – und für Körbchengröße G gibt es ohnehin keine schönen BHs.

Wir waren frisch verheiratet, aber ansonsten war bei uns nichts mit Frische. Wir erlebten gerade die verflixte dritte Woche unserer Ehe.

Als ich am folgenden Tag nach Hause kam, wusste ich,

dass Sonja nicht da sein würde, weil sie Konzertprobe hatte. Ich erwischte mich dabei, froh darüber zu sein. Als ich in unsere Wohnung kam, machte ich zuerst nur die kleine Lampe im Flur an, die auf der Kommode stand. Das hatte etwas Gemütliches, fand ich. Neben der Lampe lag ein Stück Papier. Ein kurzer Blick zur Seite verriet mir: Es war das Ergebnis meiner neuen Spermienprobe. Ich wusste, dass Sonja das Papier schon kannte, sie hatte es ja dorthin gelegt. Und wenn das Ergebnis gut ausgefallen wäre, hätte sie mich sicher längst informiert. Dennoch pochte mein Herz. Ich ließ das Blatt erst einmal liegen und ging in die Küche, um mir einen Espresso zu machen, die Uhrzeit störte mich nicht. Auch schnitt ich mir eine Scheibe Roggenbrot ab, bestrich sie dick mit Butter und belegte sie dann mit noch dickeren Scheiben Camembert. Mit Stulle und Espresso ging ich zurück in den Flur. Ich nahm den Zettel und setzte mich auf den Boden wie ein kleiner Junge, der sein Jahreszeugnis studiert. Und tatsächlich waren die Werte auf diesem Bogen wie damals die Noten in der Schule mit der Hand eingetragen. Die Zahlen hatte vermutlich eine Krankenschwester notiert.

Die Werte waren schlecht. So schlecht wie noch nie. Gerade noch jedes zehnte Spermium bewegte sich so, wie es sollte. Beim letzten Mal war es noch jedes dritte gewesen. Das vorige Ergebnis war nur, wie Box- oder Fußballreporter es ausdrücken, ein *lucky punch* gewesen, ein Glückstreffer. Entsprechend fühlte ich mich jetzt wie von einem Boxer niedergestreckt. Wie passend, dass ich schon auf dem Boden saß.

Erst jetzt entdeckte ich das gelbe Post-it, das Sonja auf die Rückseite des Bogens geklebt hatte: »Tut mir leid.« Daneben hatte sie ein kleines Herz gemalt. Sie hatte es nicht geschafft, mir das Ergebnis am Telefon durchzugeben. Aber sie hatte an mich gedacht. Und mich vorab getröstet.

Ich stand auf, schaltete alle Lichter an und setzte mich vor den Fernseher. Es dauerte eine halbe Stunde, bis ich eine Doku über Blauwale gefunden hatte, der ich wenigstens halbwegs folgen konnte. Ich nahm das Telefon und wollte Jörg anrufen. Ich tat es dann aber doch nicht. Ich wollte Frauke anrufen. Und ließ auch das bleiben.

Ich roch an meinem T-Shirt, duschte und lief nackt über den Flur in Richtung Schlafzimmer, um mir frische Klamotten zu holen. Zum Glück war Sonja noch unterwegs und sah meine nassen Fußabdrücke auf dem Parkett nicht. Sie fand, dass es auch für einen motorisch nicht so begabten Mann wie mich möglich sein sollte, sich nach dem Duschen vollständig abzutrocknen.

Kurz vor der Schlafzimmertür sah ich mich im Spiegel. Ich vermied normalerweise den Anblick meines nackten Körpers. Es war mir nicht recht, dass sein Umfang kontinuierlich zunahm.

»Du hast mich ganz schön hängenlassen im letzten Jahr«, sagte ich vorwurfsvoll zu meinem Geschlecht.

»Du weißt doch, dass das meine Grundhaltung ist«, erhielt ich zur Antwort. »Im Übrigen ist ›hängenlassen‹ ein etwas simples Wortspiel, selbst für dich, findest du nicht?«

Mein Zeugungsverweigerer sprach mit mir. Mich wunderte gar nichts mehr.

»Nenn es im Stich gelassen. Weniger Kopfdefekte und mehr Beweglichkeit hätten mich schon gefreut, mein Lieber.«

»Was hast du erwartet? Du hast mich zeit meines Lebens mit Fußbällen und harten Sätteln traktiert.«

»Das mit den Fußbällen ist doch schon Ewigkeiten her.«

»Ich habe es mir aber gemerkt.«

»Na dann … Tut mir leid, wirklich. Ich wollte das nicht.«

»Okay, von mir aus ist es vergessen.«

»Erklär mir doch mal eins: Warum waren die Ergebnisse des einen Spermienchecks fast olympiareif, und davor und danach gab es nur Vollpleiten?«

»Mehr war halt nicht drin. Die Tagesform entscheidet. Wie beim Sex. Ist ja auch nicht alles Gold, was du so ablieferst.«

Das fand ich nun doch etwas zu indiskret. Das wollte ich nicht auf mir sitzen lassen. »Hauptsache, du rührst dich immer schön.« Ich wollte ihn bei seiner Ehre packen.

»An mir soll's nicht liegen. Allerdings bräuchte ich da auch ein paar Signale von oben. Mehr Begeisterung! Mehr Komplimente! Weißt du, was ich manchmal glaube? Du findest mich in Wahrheit gar nicht attraktiv.«

Das klang jetzt aber langsam mehr nach Sonja. Mit wem genau redete ich hier eigentlich?

Prompt seufzte er und sagte: »Du sprichst auch kaum noch mit mir.«

Das war nun definitiv O-Ton Sonja. Konnte ja aber auch daran liegen, dass ich beide vernachlässigte. Also fragte ich kleinlaut: »Hätte das denn was geholfen?«

»Wahrscheinlich nicht. Aber gefreut hätte es mich.«

Er tat mir sehr leid. Ich guckte ihn schuldbewusst an.

»So will ich dich aber jetzt auch nicht sehen«, sagte er, »das zieht mich nur noch mehr runter. Außerdem finde ich, du könntest mich wieder anziehen. Ich friere.«

Ich hörte auf ihn, ging vom Spiegel weg, zog mir zu seiner Freude meine am besten erhaltene Unterhose an und nahm mir vor, ihn künftig etwas besser zu behandeln. Ihn und Sonja.

Live aus dem Badezimmer

Früher, als wir noch noch kein Kind wollten, war ich nach der Arbeit immer gern früh zu Hause gewesen. Wenn es stimmt, dass Frauen effizienter arbeiten als Männer, weil sie die Abende lieber in den eigenen vier Wänden verbringen als mit den Kollegen, dann war ich, was das angeht, eher eine Frau. Das Einzige, was mich von den effizient bis um sechs arbeitenden Frauen unterschied, war wahrscheinlich die Effizienz.

Besonders gerne war ich in den Vor-Kinderwunsch-Tagen früh daheim, wenn ich nichts weiter vorhatte. Ich wusste, dass dort Sonja auf mich wartete. Ich gab ihr einen Kuss, dann begrüßte ich stumm unsere Wohnung und machte es mir bequem. Ich saß gerne in dem neugepolsterten Ohrensessel von meiner Großmutter, las Zeitung oder telefonierte oder ging noch mal ins Internet, auf der Suche nach Fahrrädern. Das war nicht aufregend. Die Schönheit dieser Stunden bestand darin, dass sie nicht aufregend waren. Ohne Sonja um mich herum wäre mir vielleicht langweilig geworden. So aber konnte ich mit der größten Seelenruhe dasitzen, nichts tun oder fast nichts, und mich darüber freuen, dass wir nicht jeden Abend ins Theater oder Kino gehen mussten, um zusammen etwas zu erleben. Nie wäre Sonja auf die Idee gekommen, mir wie die Ehefrau aus dem Loriot-Film zuzurufen: »Tu doch mal was!« Deshalb hatte ich auch keinen Grund, mir vorzunehmen, was der Mann im Loriot-Film sich am Ende zu tun vornimmt: »Ich bringe sie um.« Kurz: Ich hatte alles, was ich zum Leben brauchte.

Und jetzt, zum allerersten Mal in meinem vier Jahre währenden Arbeitsleben, hatte ich auf einmal keine Lust, früh nach Hause zu gehen. Meine Kollegen wunderten sich, aber sie waren so freundlich, nicht nachzufragen, warum ich so lange blieb, wo es doch auch nicht mehr zu tun gab als sonst (die Idee mit dem neuen Stadtslogan war wie so vieles verpufft). Die Wahrheit war: Es fiel mir schwer, Sonjas stimmungsmäßiges Dauertief zu ertragen. Nicht nur, weil es mir nicht gelang, sie aufzuheitern, sondern auch, weil ich mich fühlte wie auf der Anklagebank. Klar machte ich mir Sorgen um sie, aber ich war zu schwach, um mich besser um sie zu kümmern. Ich war Verursacher der Krise und überließ den Umgang mit ihr meiner Frau. Wie sollte ich mich da nicht schuldig fühlen?

Obwohl sie mir nichts davon gesagt hatte, wusste ich, dass Sonja einige Tage nach der zweiten Insemination angefangen hatte, regelmäßig Schwangerschaftstests zu kaufen. Täglich lag eine neue Packung im Badmülleimer. Ich wusste nicht, ob sie wusste, dass ich die dort sehe. Auch ein Mann wirft ab und zu etwas in den Badezimmermülleimer. Vielleicht dachte sie, ich sehe mir die Verpackungen ohnehin nicht näher an oder wüsste sie nicht zu deuten. Vielleicht war es ihr auch egal, ob ich wusste, wie sehr sie darauf wartete, endlich schwanger zu werden. So sehr, dass sie nicht den nächsten Test in der Klinik abwarten wollte.

Wegen der Packungen wusste ich auch, dass sie es offensichtlich noch nicht war, sonst hätte sie mich gleich im Büro angerufen. So wurde der morgendliche Blick in den Badmülleimer zusammen mit dem ausbleibenden Anruf am Nachmittag zum täglichen Live-Bericht eines wenig unterhaltsamen Spiels.

Ich hätte auf diese stummen Mahnmale des Versagens gerne verzichtet, die da täglich im Müll landeten. Und ich fand es falsch, dass sich Sonja jeden Tag aufs Neue quälte. Aber sie war schon immer hart zu sich selbst gewesen. Auch beim Üben mit der Geige hörte sie erst auf, wenn sie das jeweilige Stück nicht nur fehlerfrei, sondern nahezu perfekt beherrschte. Also gab sie auch jetzt nicht auf.

Nur dass hierbei das Streben nach Perfektion nicht so erfolgversprechend war wie in der Musik. Sie konnte sich noch so sehr anstrengen und hatte trotzdem nicht auch nur die kleinste Gewissheit, dass dies zu etwas führt. Und sie konnte sich auch nicht noch mehr anstrengen. Sie konnte nicht noch mehr Pillen nehmen. Also machte sie täglich einen Schwangerschaftstest und damit sich und mich von Tag zu Tag trauriger.

Als wir nach langer Pause mal wieder im Café Kostbar waren und Sonja dort eine Kollegin traf, die passenderweise schwanger war und vor Glück nur so brummte, was mich zu einem nicht unbedingt erforderlichen Toilettenbesuch veranlasste und Sonja schließlich zum zweiten Mal in kurzer Zeit zu einem übereilten Aufbruch aus dem Café, hämmerte sie zu Hause mit ihren Fäusten gegen meine Brust und schrie: »Warum hast du mich bloß alleine gelassen? Immer, wenn ich dich brauche, lässt du mich alleine.« Das saß.

Die Tests hatten nicht gelogen: Die zweite Insemination scheiterte ebenfalls. Sonja informierte mich, als ich gerade in der Mittagspause war. Mehr als ein »Mist« brachte ich nicht heraus. Ich war mir nicht sicher, ob ich nicht insgeheim froh war, nicht zu Hause zu sein.

Als wir an diesem Abend im Bett lagen, sagte Sonja plötzlich: »Du musst mehr mit mir reden.«

»Tue ich doch, oder?« Ich wusste, dass ich es nicht tat.

»Du weißt, was reden bedeutet, ja? Nicht nur Lippen und Kiefer bewegen, sondern …«

»Aber wir reden doch.«

»Ja. Übers Wetter, übers Büro. Aber nicht über uns.«

Ich schwieg.

»Mir geht es beschissen, und das weißt du. Aber wenn ich mit dir reden möchte, blockst du mich ab.«

Ich schwieg weiter. Ich wusste nicht, was ich sagen sollte. Ich schämte mich vor meiner Frau.

»Ich hab dich nicht nur geheiratet, damit die Krankenkasse diesen ganzen Scheiß hier bezahlt. Für mich war es trotz allem eine Liebesheirat, verdammt. Und ich will, dass du mich in den Arm nimmst und mir sagst, dass du mich auch liebst. Ich habe den Eindruck, dass du das mit der Karenzzeit vor der Insemination falsch verstanden hast. Sie dauert vier Tage. Nicht vier Wochen oder vier Jahre. Du guckst mich nicht mal mehr an.«

Ich musste jetzt doch ein wenig lachen.

»Nicht lachen. Was sagen. Du bist dran.«

»Womit?«

Zum Beispiel, ihr zu sagen, dass es auch für mich eine Liebesheirat war, dachte ich leider zu spät.

»Mein Gott.« Sie machte eine wegwerfende Handbewegung und drehte sich von mir weg. »Ich rede und rede, und du weißt nicht, was du sagen sollst. Was ist bloß los? Eine dieser verfluchten Inseminationen hat nicht geklappt, okay. Aber du sagst doch immer: Das wird noch. Den größten Pfeil haben wir noch im Köcher. Und davon mehrere. Jörg baust du dauernd auf am Telefon, machst ihm Mut. Nur mir machst du keinen Mut. Du musst doch keine Angst vor mir haben. Ich mache dir doch keinen Vorwurf für irgendwas.«

»Aber ich mir«, hörte ich mich plötzlich sagen, wie man sonst Leute im Fernsehen etwas sagen hört. Prompt drehte ich den Ton lauter. »Ich mache mir Vorwürfe wegen meiner gottverdammten Scheißspermien. Sonja, meine Spermien sind wieder so schlecht wie am Anfang, und sie werden bestimmt auch nicht mehr besser. Und ich sehe dich, wie du diese Scheißhormone nimmst, ohne zu jammern, und ich sehe, wie sehr diese Dinger dich runterziehen. Und ich Jammerlappen verkrampfe total. Weil ich dir gerne helfen würde, aber nicht weiß, wie. Ich weiß einfach nicht, was ich sagen oder was ich machen soll. Ich weiß es nicht. Tom hat Verena wenigstens die Spritzen gesetzt. Aber selbst dazu bin ich nicht in der Lage.«

Sonja sah mich an, als könnte sie kaum glauben, dass ich es war, der das alles gesagt hatte. Vielleicht denkt sie auch, da läuft der Fernseher im Nebenzimmer, dachte ich kurz. Aber dann wurde ihr Blick weicher, und sie grinste sogar ein bisschen. »Das mach ich eh lieber selbst«, sagte sie. Und hatte dabei eine kleine Träne im Auge. Sie schien erleichtert, dass ich endlich wieder mal mehr als einen Satz gesagt hatte. Und zum ersten Mal über meine Beklemmung gesprochen hatte.

»Aber es gibt etwas, was du tun könntest.«

Ich antwortete nicht.

»Du könntest mich mal öfter festhalten und wenigstens so tun, als würdest du mich unendlich lieben. Das würde mir fürs Erste genügen.«

Ich nahm sie in den Arm und tat so, als wäre auch ich erleichtert. War ich aber nicht. Weil ich mir von meiner mit Hormonen vollgepumpten Frau dabei helfen lassen musste, mich zu entspannen. Weil ich mich erbärmlich fand.

In den kommenden Tagen gab ich mir extragroße Mühe, aufmerksamer zu sein. Ich brachte Sonja zum ersten Mal, seit wir uns kannten, ohne Anlass Blumen mit, ich bekochte sie, ich nahm sie täglich mehrmals in den Arm. Ich hielt es zwei Wochen lang durch, dann verwandelte ich mich wieder in einen Baumstamm, der morgens früher ins Büro musste und abends spät zurückkam, um sich gleich vor den Fernseher zu setzen.

An einem solchen Abend nahm mir Sonja die Fernbedienung aus der Hand, drückte die Stumm-Taste und sagte:

»So geht das nicht weiter. Wenn du mich weiter ignorierst, haben wir keine Zukunft. Verstehst du das: keine Zukunft.«

Ich schwieg eine Weile, um die Worte sacken zu lassen. Und sagte dann: »Sag doch so etwas nicht.«

»Doch, sage ich. Und ich mein's ernst.«

Ein Blick in ihre Augen reichte, um zu wissen, dass sie keine leeren Drohungen ausstieß.

»Und was soll ich tun?«

»Sei einfach wieder so, wie du warst, bevor wir Kinder haben wollten. Bitte.«

Dafür war es jetzt zu spät.

Marke Eigenbau

Ich hatte Jörg lange nicht mehr besucht. Seit unserem Fußballausflug nach Wien ein Jahr zuvor hatten wir uns nur noch zur Hochzeit gesehen. Zum gemeinsamen Kurzurlaub war es nicht gekommen, es war wohl eher mein Wunsch als seiner. Jörg und Tanja waren ja nicht nur mit Kinderproduzieren, sondern auch mit dem Anlegen ihres Gartens beschäftigt. Der Garten und das Haus waren unglaublich groß, bestimmt doppelt so groß wie das Anwesen meiner Eltern, und wir waren früher zu viert gewesen.

Jörgs und Tanjas Haus stand frei am Waldrand, es hatte sieben Zimmer, Fußbodenheizung, und es war möglich, die schmutzige Wäsche durch eine Klappe im Bad direkt in die Waschküche im Keller zu werfen. So etwas kannte ich bis dahin nur aus dem Fernsehen. Von meinen Freunden von früher hatte niemand sonst ein solches Haus gebaut, die meisten hatten überhaupt nicht gebaut, sie lebten in der Stadt in Etagenwohnungen, die ihnen meistens nicht selbst gehörten. Ich vermute, dass sich die beiden mit diesem Haus auch dafür entschädigen wollten, nicht weggezogen zu sein.

Ich bin kein großer Freund von Pärchenabenden, aber

mit Jörg und Tanja war das anders. Niemand brauchte Angst zu haben, vor den anderen etwas Intimes preiszugeben, für das er sich dann die nächsten dreißig Jahre schämen musste. Natürlich war Jörg anders, wenn Tanja dabei war, und ich war wahrscheinlich auch anders, wenn Sonja dabei war. Aber Jörg war dann charakterlich wenigstens nicht so entstellt, dass es keinen Spaß mehr machte. Manchmal wunderte ich mich sogar eher, wie wenig er auf Tanja Rücksicht nahm, wenn wir zu viert waren. Sonja und ich reisten also zu zweit an.

Es gab Spaghetti mit Tomatensoße, und ich erzählte von meinem letzten Spermiogramm, der dritten und für uns jetzt wirklich letzten Insemination. Meine Werte waren noch schlechter gewesen als alle anderen zuvor. Die Quote der schnellen Spermien lag jetzt bei: null.

»Cool! Damit bin ich nicht mehr Tabellenletzter«, sagte Jörg. Tanja ermahnte ihn. Aber dann lachte sie auch.

Die beiden trösteten mich damit, dass sie gerade den vierten Versuch unternommen hatten, durch künstliche Befruchtung ans Ziel zu kommen. Und auch diesmal war das Projekt gescheitert. Ich hatte Jörg dazu überredet, diesen Versuch zu machen. Aber ich weiß ehrlich gesagt nicht, wie ich reagiert hätte, wenn die beiden feierlich erklärt hätten: Es hat geklappt! Wahrscheinlich wäre ich vor Neid unter den Tisch gerutscht.

Nun aber war ich einmal mehr in der Rolle des Motivators gefragt und erzählte den beiden von Tom und Verena, die wesentlich mehr Versuche gebraucht hatten und jetzt zumindest geistig schon Kind Nummer drei planten. Dass das auf Tom nicht unbedingt zutraf, ließ ich aus, zu viele Details mussten ja auch nicht sein.

»Mag sein«, sagte Tanja. »Aber wir haben eh schon einen Plan B.«

Jörg nahm die Fernbedienung der Musikanlage, die auf dem Tisch lag, und wechselte die Musik, von irgendwas Klassischem, das mir vage bekannt vorkam, zu A-ha, die ich sofort erkannte, weil Jörg sie seit der siebten Klasse hörte. Er guckte etwas angestrengt, und ich hatte das Gefühl, dass dieser Plan B eher sein Plan Y war.

»Wir haben überlegt, ob wir nicht ein Kind adoptieren sollten«, sagte Tanja.

»Du hast es dir überlegt«, korrigierte Jörg dann auch gleich.

»Aber du bist doch auch dafür«, sagte Tanja, und ihr vorwurfsvoller Ton war nicht zu überhören. Na, dachte ich, das verspricht ja ein richtig gemütlicher Abend zu werden. Tanja und Sonja warfen sich Blicke zu, die nur bedeuten konnten: Oh, was nerven unsere Männer!

»Also, Tanja hat es schon ein bisschen länger ins Auge gefasst. Sie hat sich schon ein Buch gekauft und mit der halben Verwandtschaft darüber gesprochen«, erklärte Jörg gereizt. »Aber danach hat sie mich auch eingeweiht, was ich ja schon mal nett finde.«

»Hätte ich genauso gemacht«, sagte Sonja. »Ich kann zurzeit sowieso nicht mit Felix reden. Er verweigert jede Konversation über das Thema.«

Toll. Wir waren mitten in einem öffentlichen Beziehungsknatsch. Die Frauen waren sich einig, dass wir Männer uns danebenbenahmen. Ich fand das ungerecht. Wir hatten doch sowieso schon jedes Mitspracherecht verwirkt, Jörg war so fruchtbar wie ein toter Hirschkäfer, und meine Kaulquappen gingen am Stock. Was hatten wir noch zu sagen? Am liebsten hätte ich sofort verfügt, dass unsere Zeugungsbemühungen für die nächsten Stunden Tabuthema sind und wir uns gefälligst einen netten Abend machen, aber das hätte Sonjas Urteil über mich nur bestätigt.

Fortan sprachen vor allem die Frauen. Tanja erzählte von einem Besuch beim Sozialdienst katholischer Frauen, die die Adoption vermitteln sollten und die offenbar gute Chancen für die beiden sahen.

Ich dachte: Scheiße! Da will Jörg seiner Frau ein Kind machen, und statt dass einfach exzellenter Sex zum erwünschten Ergebnis führt, tappen die beiden zu den katholischen Landfrauen. Geht es schlimmer? Ob sie da wohl Spritzgebäck gereicht bekamen und man dann gemeinsam ein bisschen verschämt kicherte? Kurz stellte ich mir vor, wie Jörg den katholischen Frauen seine Pornokritik darlegte – zu viele Haare auf der Brust, unglaubwürdiges Gestöhne et cetera – und die Frauen verständnisvoll nickten.

»Dann schon lieber Samenbank«, war mein nicht ganz durchdachter erster Redebeitrag nach langem Schweigen. Jörg ging begeistert darauf ein: »Weißt du, welche Frage ich mir seit einer Weile stelle? Was würde eigentlich passieren, wenn wir beide zu 'ner Samenbank gingen, mit dem Spruch: Wir wollen uns was dazuverdienen.«

»Wenn es gutgeht, komplementieren sie uns einfach raus, ohne uns auszulachen.«

»Du meinst, wie früher die Türsteher in den Clubs?«

Während Sonja und Tanja uns zusahen wie zukünftigen Kindern beim Spielen, überlegten Jörg und ich, wie wir es anstellen könnten, aus einer solchen Bank Hochleistungsspermien zu entwenden und sie beim nächsten Test als unsere auszugeben. Und wie die Kinderwunschlaborantinnen reagieren würden: Ob sie dann über uns herfielen, weil sie uns natürlich schon immer unglaublich sexy fanden, im Grunde genommen, und bereits geahnt hatten, dass wir hochpotent waren.

Die Wahrheit ist: Jörg und ich wollten weder zur Samenbank, noch wollten wir ein Kind adoptieren. Wir waren uns einig, und wir wussten das auch schlüssig zu begründen mit allerlei völlig logischen Argumenten (Kind will später die biologischen Eltern kennenlernen, Riesenstress in der Pubertät, unbekannte Erbanlagen brechen durch). Wobei wir uns, da hatte ich keine Zweifel, vor allem selbst betrogen. Denn eigentlich war die Sache viel simpler: Wir wollten keine Kinder von einem anderen Mann. Unsere Kinder sollten von uns stammen. Wofür waren wir denn sonst noch gut? Alles hatten uns die Frauen genommen: die schnellen Autos, das Geld, den Fußball. Und jetzt sollten sie auch noch ohne unsere Spermien auskommen? Auf keinen Fall!

Wir wollten auch noch für etwas gut sein.

Aber wir waren zu feige, das so zu sagen.

Im Wissensteil der morgendlichen Zeitung hatte ich mal von einem schönen psychologischen Experiment gelesen. Man hatte einer Gruppe von Männern zwei verschiedene Hochglanzmagazine präsentiert. Die Probanden durften beide jeweils eine Stunde lang lesen. In dem ersten Magazin waren Reportagen und Interviews, dazwischen waren ein paar kurze Artikel, mit leichtbekleideten Frauen bebildert. In dem zweiten waren dieselben Reportagen und Interviews, aber dazwischen waren mehr nackte Frauen zu sehen. Danach wurden die Männer befragt. Fast alle fanden das zweite Heft besser. Warum? Wegen der angeblich ausführlicheren Interviews und Reportagen.

Auch Sonja hatte schon leise angefragt, was ich von einer Adoption halte. Ich hatte ihr geantwortet: Das erste Kind muss ein eigenes sein. Danach gerne. Gedacht hatte ich: Danach sehen wir weiter.

Als wir von Jörg und Tanja zu meinen Eltern fuhren, weil wir immer zu meinen Eltern fahren, wenn wir schon mal im Saarland sind, kam Sonja wie erwartet erneut auf das Thema zu sprechen: »Bist du wirklich ganz und gar gegen Adoption? Könnte doch auch eine Erleichterung sein.«

Ich seufzte. Der Gedanke, ein eigenproduziertes Kind zu haben, gefiel mir nun mal besser. Auch wenn ich weiß, dass es nicht richtig ist, Kinder als Eigentum zu betrachten. Ich wollte mir keinen hysterischen Teenager vorstellen, der mich anbrüllt und den wahren Vater zu sprechen verlangt. (Dass auch eigene Teenager gelegentlich brüllen würden, blendete ich dabei einmal aus.)

»Ich stelle mir halt vor, dass das Kind so viel wie möglich von mir haben sollte«, verlegte ich mich auf einen Spruch.

»Ach ja?« Sonja reagierte eher genervt als amüsiert. »Da bin ich aber mal gespannt, was es von dir erben sollte.«

»Den Humor.«

»Nein, ich meinte, von *dir*.«

»Die wunderbaren Locken, meine charmante Art, meine Höflichkeit, meinen Großmut, meine strahlenden Augen, meinen schönen Rücken, meine Durchsetzungskraft, meine Intelligenz …«

»Du meinst wahrscheinlich auch: deine Fähigkeit, Problemen nicht aus dem Weg zu gehen, sondern ehrlich über sie zu sprechen?«

»Das natürlich vor allem.«

»Dann sollten wir unbedingt eins adoptieren.«

Ich überlegte eine Weile. »Okay. Wenn nichts mehr geht, machen wir das.«

Sonja sah mich verblüfft an. Und ich dachte: Ja, ich meine das so, wie ich es gesagt habe. Aber so weit sind wir noch nicht. Noch geht was. Noch gibt's die Chance, dass ich es selbst auf die Reihe kriege. Dass wir aus eigener Kraft zu Nachwuchs kommen. Okay, fast aus eigener Kraft.

Mochten meine Argumente gegen eine Adoption vorgeschoben sein, es war auch etwas Wahres daran:

War das egoistisch? Ich fand nicht. Sonja hatte mir von einer Patientin erzählt, die sie in der Praxis getroffen hat. Deren Hund war kürzlich gestorben, und das hatte sie und ihren Mann so mitgenommen, dass sie sich jetzt für ein Kind entschieden hatten, das lebe schließlich länger als ein Hund. *Das* halte ich für egoistisch, aber doch nicht, auf das eigene biologische Programm zu hören, das mir zuflüstert: Mach die Kinder selbst. Ich hätte der Frau übrigens zu einer Schildkröte geraten. Die werden hundert Jahre alt, halten einen nachts nicht vom Schlafen ab und wollen nicht zum Ballett gefahren werden. Und anders als Hunde und Kleinkinder kacken sie einem auch nicht die Bude voll. In den sechziger Jahren, als noch jede Menge Babys geboren wurden, gab es in Deutschland auch noch jede Menge Schildkröten. Inzwischen sind die Tiere in Deutschland größtenteils verboten. Etwa, weil sonst noch weniger Babys kämen? Gab es da vielleicht einen Zusammenhang? Ich war ohne jeden Zweifel einer erstklassigen Verschwörungstheorie auf die Spur gekommen. Die würde ich bei Gelegenheit Großcousin Hermann stecken.

Zu Hause hatte meine Mutter Gerstensuppe gekocht. Es gab häufig Suppe, wenn wir kamen, egal zu welcher Uhrzeit. Ich bin eigentlich nie ein großer Freund von Suppen gewesen, aber diese Begrüßungssuppen mochte ich. Wir löffelten also Suppe und bedienten uns kräftig an der Maggi-Familienflasche, die griffbereit stand – und Sonja erzählte meiner Mutter von der Adoptionsidee. Meine Mutter fand die Idee klasse. Ich interpretierte es so, dass sie ein Enkelkind durch die Gegend tragen wollte, egal woher es kam.

Als sich mein Vater an den Tisch setzte, offenbar angelockt von der Suppe, wechselten wir das Thema nicht, und so sprachen wir zum ersten Mal über unser Zeugungsproblem, während er dabeisaß. Er löffelte seine Suppe, und da er keine Anstalten machte, sich am Gespräch zu beteiligen, fragte ich ihn direkt, ob er jemanden kenne, der ein Kind adoptiert hatte.

»Klar«, sagte er. »Mehrere.«

»Und willst du uns auch verraten, wie es bei denen so war?«

Das Sich-bitten-Lassen steckt den Wegener-Männern offenbar in den Genen.

Er nahm erst noch einen Löffel Suppe, dann sagte er: »Leicht war es bei keinem.« Er machte eine erneute Pause, und ich war mir nicht sicher, ob er nachdachte oder nur die Aufmerksamkeit genoss. »Die Kinder haben alle einen Knacks weg«, vervollständigte er seine Antwort.

Sonja zuckte zusammen. Was er sagte, war sicher nicht der letzte Stand der Forschung, aber wenigstens war ich nicht der Einzige, der dem Adoptionsgedanken auch Zweifel entgegenbrachte. Ich wollte schon triumphieren.

»Am allerschlimmsten sind die Eltern, die ihre Kinder aus fremden Ländern adoptieren«, setzte mein Vater nach. »Sie fallen in diese Länder ein wie Kolonialherren.«

Ich war mir nicht sicher, ob mein Vater den Namen Angelina Jolie hätte fehlerfrei aussprechen können. Aber das war ihm vermutlich auch egal, denn er erzürnte sich jetzt wirklich. »Wenn sie weniger selbstsüchtig wären, könnten diese Paare mit dem Geld, das sie für ein Adoptionskind ausgeben, zehn oder zwanzig Patenkinder ernähren. Die Kinder bleiben in ihren Familien, bekommen was Gescheites zu essen und gehen in die Schule.«

Ich sah abwechselnd Sonja und meinen Vater an. Einerseits war sicher was dran an seiner Kritik. Ganz sicher dachten manche Adoptionswillige mehr an sich und ihren Kinderwunsch als an das Kind, das sie bei sich aufnehmen würden. Andererseits mochte ich den unausgesprochenen

Vorwurf aber doch nicht auf Sonja sitzen lassen. Auf uns.

»Meinst du, dass wir auch zu selbstsüchtig sind?«, fragte ich ihn.

»Das habe ich nicht gesagt.«

Ich fürchte, er hat es aber gedacht. Ich nahm noch zwei Kellen Suppe. Und mehr Maggi als nötig.

Mondflug

Ich erinnere mich nicht mehr daran, wann ich das erste Mal davon hörte, dass man Kinder aus dem Reagenzglas bekommen konnte. Vielleicht als Oberstufenschüler. Aber ich erinnere mich an meine erste Reaktion: Ich fand es unheimlich und irgendwie widernatürlich. Näher beschäftigt habe ich mich damals damit so wenig wie mit allem anderen, was mit Biologie zu tun hatte. Anderthalb Jahrzehnte später waren meine Biologiekenntnisse insgesamt noch immer eher gering, vielleicht dachte ich deshalb, als Sonja mir zum ersten Mal davon erzählte, dass man ein Kind auch im Reagenzglas zeugen konnte, sofort an Klonschafe. Und Klonen war für mich noch immer eine Technik aus Science-Fiction-Filmen. Ich mochte aber keine Science-Fiction-Filme. Nie hatte ich mich mehr gelangweilt, als wenn sich zu Abiturzeiten meine Freunde zu Videoabenden versammelten, um gleich mehrere Folgen von *Star Wars* zu sehen. Ich hatte zwei Probleme mit diesen Filmen: Erstens hatten sie nichts mit unserem Leben zu tun. Zweitens verstand ich meist nur Weltraumbahnhof. Lag wahrscheinlich an dem »Science«, Naturwissenschaften waren eben nicht mein Gebiet. Von mir aus konnte also das Genre Science-Fiction komplett ohne mich auskommen. Hier Science-Fiction, dann ein breiter, reißender Fluss, und auf der anderen Seite des Flusses lebe ich.

Dummerweise hatte schon seit einer Weile alles darauf hingedeutet, dass damit bald Schluss sein würde. Die Science-Fiction wurde zu meiner Science-Reality. Nur: Ich hatte keinen Bock. Zum ersten Mal hatte ich mit der medizinischen Zeugungswundertüte, die uns dargeboten wurde, ein echtes Problem. Echt hieß: prinzipiell. Sonja hatte mir die Prozedur beschrieben, und ich fand das alles einfach nur eklig. Diese Methode, dachte ich, hat so gar nichts mehr mit dem zu tun, was sich die Natur so vorstellt. Mich ins Onanierstübchen zu verziehen und mir eine Portion Ejakulat abzuringen, hatte ich anfangs lächerlich, peinlich und gewöhnungsbedürftig gefunden. Aber nicht eklig. Eklig fand ich die Vorstellung, dass aus meiner Frau Eizellen herausgeholt und dann im Reagenzglas per Pipette mit einem einzelnen auserwählten Spermium von mir vereint werden, auf dass sie es freudig aufnehmen. Nein, so sollte ein Kind – mein Kind, unser Kind – nicht entstehen. Genauso gut hätte man auch ein Kind in einem Blumentopf züchten können oder aus Kaliumpermanganat, oder wie die ganzen Stoffe aus dem Chemiekasten hießen, der in meiner frühen Jugend erst auf meinem weihnachtlichen Gabentisch und wenige Monate später wegen Nichtbenutzung im Keller gelandet war.

Ein Kind zu kriegen ist wahrscheinlich die irrationalste Entscheidung, die man als Mensch treffen kann – also war es von der Natur eigentlich auch ganz hübsch ausgedacht, dass man, um ein Kind zu kriegen, sich hübsch irrationalen

Handlungen und Verrenkungen hingeben musste. Plötzlich war das Kindermachen ein einziger mechanischer Vorgang: Ein Spermium sollte in die Eizelle gespritzt werden. Von einer technischen Assistentin, der dieser Vorgang vollkommen wurscht war, die vielleicht an die Buntwäsche dachte, die sie zu Hause noch aufhängen musste.

Wenn Sex in puncto Emotion zehn Punkte kriegt, dann liegt ein Reagenzglas auf dieser Skala bei null, und dazwischen ist alles andere. Das ganze Universum.

Aber es gab auch noch eine andere Skala. Eine, auf der Sonja ganz oben stand. Und unser Kinderwunsch kam gleich dahinter. Also gab ich mir Mühe, meinen Ekel und alle anderen inneren Hindernisse zu überwinden.

Das Verfahren, das sie bei uns anwenden würden, hieß ICSI. So könnte auch ein NASA-Projekt heißen, eine milliardenteure Marsmission, aber es stand nur für Intrazytoplasmatische Spermieninjektion. Das zweite große I stand also genauso für Injektion wie beim BMW 525i, meinem Traumauto für lange Jahre. Immerhin.

Und um den Vorgang noch weiter zu entromantisieren, wenn das überhaupt noch möglich ist: Dieses biologisch-mechanische Experiment hatte einen ziemlich exakt zu benennenden Preis. Eine ICSI kostete um die viertausend Euro. Die Krankenkasse zahlte, weil wir ja jetzt verheiratet waren, die Hälfte.

Man hatte mir schonend beigebracht, dass es in der Reagenzglas-Technik noch ein anderes Verfahren gab. Dessen Name bestand nur aus drei Buchstaben. Das hätte mich nicht gestört, aber es hieß, IVF sei in meinem Fall wenig erfolgversprechend, da bei der In-vitro-Fertilisation die Spermien nicht direkt eingespritzt werden, sondern die Hülle der Eizelle selbst durchpiksen müssen. Unter den Millionen Spermien, die ich tagtäglich trotz allem produzierte, war offenbar kein einziges, dem man dieses waghalsige Unterfangen zutraute.

Meine Vorfreude auf den ICSI-Termin bewegte sich um den Wert null. Wieder diesem Schönling gegenübersitzen, der mit mir sprach wie mit einem Erstklässler, der gleich zur Impfung muss.

»Sie wissen ja wahrscheinlich über den nächsten Schritt Bescheid, Herr Wegener?«

Beinahe hätte ich gesagt: »Ja, ich weiß sogar schon, woher bei anderen Leuten normalerweise die Kinder kommen.« Oder: »Ich bin vielleicht doof in der Hose, aber nicht im Kopf.« Noch mehr war mir aber nach: »Können wir kurz rausgehen und das wie Männer klären?«

Ich sagte natürlich nichts von alledem.

Und so erklärte er als Nächstes Sonja, jetzt wieder in völlig normaler Erwachsenensprache, was mit ihren Eizellen passieren würde. Die Sache wurde zwischen den beiden geregelt. Sonja hätte statt mich persönlich eigentlich auch eine gutgekühlte Tupperware-Dose mit einem frischen Samenerguss von mir mitnehmen können.

Sonja bekam erst einmal einen Haufen neuer Medikamente. Ich bekam natürlich keine. Wozu auch? Fast habe ich darauf gewartet, dass man mir zum Trost einen Lolli in die Hand drückt oder ich mir einen Plastikdinosaurier aussuchen darf.

Sonja nahm nun ein Nasenspray, das einen sehr langen Namen hatte, den ich mir nicht merken konnte, und das dafür sorgen sollte, dass der Eisprung ausblieb. Außerdem lag von nun an eine Art Füller im Kühlschrank, der vorne statt einer Feder eine Nadel hatte, mit der sie sich regelmäßig spritzte. Was andere vielleicht »anwenderfreundlich« genannt hätten, ging mir etwas zu deutlich in Richtung Science-Fiction. Ich wollte damit nichts zu tun haben. Sie spritzte sich also selbst, jeden Abend um neun, auch während der Konzerte und Proben, rasch auf der Toilette.

Zweimal pro Woche ging sie jetzt in die Praxis. Ich war langsam eifersüchtig auf das Ultraschallgerät, das mehr Berührung mit meiner Frau hatte als ich.

Als sie von einem solchen Besuch kam, erzählte sie mir, dass Mark zum dritten Mal Vater würde. Mir hatte er nichts gesagt. Ich beschloss, mich nicht darüber zu ärgern. Es klappte nur nicht.

Die Hormone, die Sonja diesmal nahm, hatten weniger Nebenwirkungen, sie litt zum Glück nicht wieder unter Depressionen. Die Stimmung in unserer Wohnung deshalb als euphorisch zu beschreiben wäre dennoch übertrieben gewesen. Wir lebten wie ein unfreiwillig in ein Spaceshuttle umgezogenes Paar, das dort Experimente an sich durchführen ließ, die vor ein paar Jahrzehnten noch undenkbar gewesen waren. Rückkehr zur Erde: ungewiss. Vielleicht in ein paar Jahren.

An einem Dienstag fuhren wir gemeinsam zur Klinik, Sonjas Ei sollte entnommen werden, unter Vollnarkose. Es war für einen Maitag schon sehr sommerlich. Ich schwitzte wie ein Iltis in meinem Anzug. Wir hörten WDR5. Oder taten zumindest so, als hörten wir hin. Ich versuchte, mir diese Eiersache nicht weiter vorzustellen. Ich hätte heulen können, so leid tat mir Sonja. Sie war viel tapferer als ich.

Sie musste in den OP, ich war der kleine Junge, der derweil ins Spielzimmer durfte. Ins Wichszimmer, das Bällchenbad des unfruchtbaren Mannes.

Ich besorgte es mir also, während Sonja unter Vollnarkose war. Längst hatte ich mich an die Pornos gewöhnt. Ich kannte jedes der vierzehn Magazine in der Klinik, nur selten kamen neue Hefte dazu, was ich nahezu erfreut zur Kenntnis nahm. Die Fotos expliziter Vögelei schreckten mich nicht mehr ab. Ich hatte ein professionelles Verhältnis zu ihnen aufgebaut. Die Tittenmädchen an der Wand kamen mir fast vertraut vor. Als ich ging, winkte ich ihnen zu – in der Hoffnung, sie nie wiedersehen zu müssen.

Ich hatte meine Sache schnell erledigt, also vertrieb ich mir die Zeit, bis ich Sonja im Aufwachzimmer besuchen durfte, mit dem Kaffeevollautomaten. Ich optimierte den Mahlgrad und brühte mir dann einen Espresso. Während ich die Tasse zum Mund führte, stellte ich mir vor, mit Sonja nach Sizilien in den Urlaub zu fahren, am selben Tag noch. Ich hatte es gedanklich höchstens bis zum Kamener Kreuz geschafft, als mir die Krankenschwester andeutete, dass ich meine Frau besuchen durfte.

Es schien ihr gutzugehen, sie saß schon wieder aufrecht im Bett, als ich hereinkam. Fünf Minuten später war sie auf den Beinen, dann teilte sie mir mit, dass sie mit dem Bus nach Hause fahren wollte. »Fahr du ruhig mit dem Auto zur

Arbeit.« Ich versuchte, sie vom Gegenteil zu überzeugen, aber sie blieb dabei. Wollte sie sich etwas beweisen? Oder mir? Dass sie tougher ist als ich, wenn es drauf ankommt? Wäre nicht nötig gewesen. Ich wusste es längst.

Man hatte ihr acht Eier entnommen. Die Injektion mit den besten meiner Spermien überlebten sechs davon. Sie hatten nun zwei Tage lang Zeit, sich zu teilen, so dass zwei der sich bereits in Zellteilung befindlichen Eier wieder in Sonja eingepflanzt werden konnten. In Österreich hätten sie dazu fünf Tage Zeit gehabt. In Tschechien wären mehr Eier zurückverpflanzt worden. In Deutschland nahm man in der Regel nur zwei, so war wenigstens sichergestellt, dass es höchstens Zwillinge werden konnten.

Früher reisten Frauen, die ungewollt schwanger wurden, in andere Länder, um ihr Kind abtreiben zu lassen. Heute floriert der Tourismus, weil die Kinder herbeigewünscht werden.

Bekannte, die ebenfalls auf unserer Hochzeit waren, hatten so ihr Kind bekommen. Die Großeltern des Kleinen wussten nichts von der Befruchtungsklinik in Prag, sie wurden in dem Glauben gelassen, das Paar hätte sich in der Stadt einen romantischen Urlaub gegönnt. Die beiden hatten sogar eine gefakte Postkarte an die Eltern geschickt. Normalerweise machen so etwas nur Schwerverbrecher auf der Flucht.

Zwei Tage nach der Entnahme der Eier erfolgte also der »Transfer«, so nannte es der Arzt. Er meinte damit, dass die Eizellen, die sich netterweise wie erhofft geteilt hatten,

Sonja in Vollnarkose wieder in den Unterleib eingepflanzt wurden. Die, die sich nicht geteilt hatten, wanderten wieder in den Tiefkühler, vielleicht würde man sie noch mal brauchen.

»Fühlt sich das jetzt anders an?«, fragte ich Sonja nach der OP und war mir nicht sicher, ob das nicht vielleicht mal wieder eine sehr naive Frage war.

»Nö«, sagte Sonja, auch jetzt noch ziemlich cool. Nur ich war gar nicht cool. Sie hatte da etwas in sich drin, das mit ein bisschen Glück mein Sohn oder meine Tochter werden würde.

Einen Tag später hatte Sonja einen Termin bei René, unserem Nachbarn, der Masseur ist. Er massierte ihr Becken, wie es hieß, »empfängnisbereit«. Was er genau tat, wollte ich lieber nicht wissen.

Vatertag

Am Tag nach der Eiverpflanzung gingen Sonja und ich nach Feierabend in dem Park spazieren, der nur ein paar Straßen von unserer Wohnung entfernt lag. Wir sprachen über uns. Wir hatten das lange nicht getan. Endlich ein ruhiges, unaufgeregtes Gespräch.

Es war Frühsommer geworden, ich hatte mein Lieblings-T-Shirt an. »Bochumer Matten« stand darauf, und es zeigte eine Auswahl der Frisuren, die Bochumer Fußballer in den zurückliegenden Jahren getragen hatten. Sonja fand es unnötig, witzige T-Shirts zu tragen. Ich fand, dass es sehr auf den Humor ankommt.

Wir malten uns aus, wie es wäre, gemeinsam ohne Kinder alt zu werden. Immerhin wäre uns das vor zwanzig Jahren in unserer Situation noch mit Sicherheit so ergangen.

»Wir haben Freunde«, sagte ich. »Wenn wir alleine alt werden … Ich glaube, es wird trotzdem lustig.«

Wir schwiegen eine Weile, dann sagte Sonja: »Ich hab mir vorgenommen, ich mache auf keinen Fall mehr als drei solcher Befruchtungen mit.«

Ich nickte.

Und sie war es, die anfügte: »Wärst du mir böse, wenn

ich schon nach einem erfolglosen Versuch ›Schluss jetzt, ich mag nicht mehr‹ sage?«

Ich dachte erstens: Wie könnte ich? Wäre ja nur allzu verständlich. Und zweitens: Wieso sollte ich? Auch ich verspürte große Lust, von unserem Raumschiff sofort wieder auf die Erde zu sinken. Nötigenfalls ohne Kind. Ich wollte nicht so traurig werden wie Jörg über die Jahre.

Wir sprachen auch über meine Sorgen im Job. Die Finanzkrise war inzwischen über uns hereingebrochen, auch in meiner Abteilung wurde gespart, und ich machte mir Sorgen, dass ich meine Stelle verlieren könnte und arbeitslos mit einer schwangeren Frau dastehen würde. Sonja sagte mir, dass sie gewiss auch einen arbeitslosen Mann nicht verlassen würde. »Hab ja immerhin schon zu einem mit schlappen Spermien gehalten.«

Wir redeten und redeten, und während wir so redeten, ging es mir seit Monaten mal wieder richtig klasse.

Am Sonntag klingelte das Telefon, morgens um halb neun. Ich war mir sicher, dass es mein Vater war, galt er in unserer Familie doch schon immer als notorischer und ideologischer Frühaufsteher. Seine Laune am Morgen ist besorgniserregend gut. Als ich noch zu Hause wohnte, scheuchte er mich auch sonntags um halb acht aus dem Bett, selbst wenn ich noch wenige Stunden zuvor mit Jörg im Club Number One gefeiert hatte. Mein Vater wollte was vom Tag und seine Familie bei sich haben. Erst seit er in Rente war und sich bis spät in die Nacht Dokus ansah, hatten sich seine Gewohnheiten zur Freude aller ein wenig geändert. Er schlief jetzt auch manchmal aus. Bis halb neun.

Ich hob ab und sagte: »Weißt du, wie spät es ist?«

»Ich bin's«, sagte meine Mutter. »Nicht der Vati.« Sie wusste, wen ich am Telefon erwartet hatte.

»Was ist denn los?«, fragte ich, immer noch leicht genervt.

»Der Vati ist im Krankenhaus.«

Der Vati ist im Krankenhaus. Der Vati ist im Krankenhaus. Mein Vater war im Krankenhaus?

Er war in der Nacht zusammengebrochen, als er auf die Toilette wollte. Meine Mutter hatte den Sturz zum Glück gehört und sofort den Notarzt gerufen. Der diagnostizierte einen Herzstillstand, mein Vater lag jetzt auf der Intensivstation.

»Bin sofort da.«

Mein Vater war in seinem Leben nie länger krank gewesen. Und wann eigentlich zuletzt kürzer? Ich sah natürlich, dass er langsam alt wurde. Aber dass er über Nacht zusammenbrechen und sterben könnte, diese Sorge hatte ich nie. Freunde haben mir später erzählt, dass sie schon länger, wenn das Festnetztelefon zu ungewöhnlichen Zeiten klingelte, Angst hatten, ein Elternteil könnte in der Klinik oder tot sein. Als an diesem Sonntag das Telefon klingelte, wäre ich nie auf die Idee gekommen, besorgt zu sein. Es war ja seine Uhrzeit.

Mein Vater hatte noch nie zu mir gesagt: Ich fühle mich alt. Oder: Sohnemann, du musst mir mal helfen, ich kann das nicht mehr. Geschweige denn, dass er gejammert hätte, weil ihm irgendwas weh tat. Kaum pensioniert, hatte er sich schon einen neuen Job gesucht, weil er sonst nicht gewusst hätte, wohin mit all seiner Energie: Er ging an meine alte Grundschule, um die Kinder bei den Hausaufgaben zu betreuen. Und war auf dem Pausenhof der Mann, auf den sich zehn Erstklässler stürzten. Er raufte mit ihnen, so wie er früher mit mir gerauft hatte.

Jetzt hatte ich Angst, er würde sterben. Ich dachte: Bitte nicht, bevor wir bei dir sind. Ich dachte: Halte durch, Vati. Ich rief Frauke an, sie wusste schon Bescheid, eine halbe Stunde später stand sie mit laufendem Motor vor der Tür. Sonja musste in Bochum bleiben, sie hatte Dienst.

Meine Schwester und ich redeten kaum. Ich dachte an meinen Vater, und mir fielen die ganzen Gespräche ein, die ich nicht mit ihm geführt hatte. Meine Schwester tauschte sich regelmäßig mit ihm aus, ich nicht. Jetzt beneidete ich sie darum. Er hatte nie aus meinem Mund erfahren, was mit meinen Spermien los ist, ich hatte ihn nicht gefragt, wie er meiner Mutter einen Heiratsantrag gemacht hatte und ob er vielleicht einen Tipp für mich hätte. Ich wusste nicht, woran es lag, dass wir schon seit Jahren nicht mehr so gut miteinander sprechen konnten wie früher. Früher hatten wir oft über Politik diskutiert, er kannte sich immer besser aus als ich. Vielleicht ertrug ich seine Wut nicht mehr, wenn er über die Lage der Nation sprach. Vielleicht störte es mich auch nur, dass er sich weigerte, ein Hörgerät zu tragen, weshalb ich in letzter Zeit fast schreien musste, bis er mich verstand. Vielleicht wollte ich auch einfach nur nicht wahrhaben, dass er älter wurde. Was für ein Depp war ich bloß, was für ein verdammter Scheißdepp?

Von einem Autobahnparkplatz aus rief Frauke auf der Station an. Von Ärztin zu Arzt, das geht immer besser als von Angehöriger zu Arzt. Ich wollte nicht zuhören und ging ein paar Schritte weiter weg. Würde ich hier erfahren, dass ich keinen Vater mehr habe? Wie würde Frauke es mir sagen? Ich wagte nicht, in ihre Richtung zu sehen. Stattdessen stierte ich auf das Nummernschild eines fremden Wagens, versuchte die Zulassungsstelle zu entziffern. Frauke rief mich. »Also. Er lebt. Sein Zustand ist kritisch, meint der Arzt, aber stabil.« Was das jetzt heißt, wollte ich wissen. Dass er überlebt? »Wahrscheinlich schon«, sagte Frauke. Was bringt mir »wahrscheinlich«?

Ich würde vielleicht nie Vater werden und vielleicht bald keinen Vater mehr haben. Ich würde vielleicht der letzte Mann der Familie Wegener sein. Würde ich je eine Tochter oder einen Sohn haben, müsste ich sagen: Opa ist gestorben, da wart ihr noch nicht auf der Welt. Sie hätten, genau wie ich, keinen Großvater gehabt. Ich würde nie wieder von meinem Vater die *Auto Bild* geschenkt bekommen, immer die Ausgabe der Vorwoche, die er schon durchhatte. Ich würde sie nie wieder lesen wollen. Ich würde sie nicht mehr am Kiosk sehen wollen. Ich würde Tankstellen meiden, wo es sie gab.

Frauke und ich eilten schnellen Schrittes durch die Krankenhausflure. Vor der Intensivstation trafen wir meine Mutter. Sie hatte geweint.

Mein Vater lag fixiert in seinem Bett. Er trug ein weißblaukariertes Krankenhausnachthemd und war mit Kabeln und Schläuchen an Maschinen angeschlossen. Seine Augen waren geschlossen, der Monitor zeigte einen stabilen Puls, aber er sah nicht aus, als würde er friedlich schlafen.

Als Frauke ihn ansprach, öffnete er seine Augen. Sekundenlang starrte er uns an, als hätte er uns noch nie gesehen.

Dann blieb sein Blick an mir haften. »Sohnemann, was machst du denn hier?«, fragte er kaum hörbar.

»Weißt du, wo du hier bist?«, fragte ich ihn.

»Im Bett. Wo denn sonst?« Er klang jetzt mürrisch. Als wäre es eine Unverschämtheit, dass er dem Bewusstseinscheck unterzogen wurde. Dann schloss er wieder die Augen und brabbelte unverständliches Zeug.

Meine Mutter erzählte, solche Töne habe er die ganze Nacht von sich gegeben. Sie hatte auf dem Flur gesessen und von drinnen sein Stöhnen und Brüllen gehört. Sie sagte, es habe geklungen, als würde er alles Unschöne seines Lebens noch einmal erleben: den Krieg in der Kindheit, danach den Hunger, das Heim. Erst mit einer eigenen Familie war sein Leben besser geworden.

Zu meiner Angst vor seinem Tod gesellte sich jetzt die Angst, dass er vielleicht nie wieder klar denken könnte. Ich wollte Frauke fragen, wie sie die Chancen dafür sah, aber ich fürchtete mich vor der Antwort.

Nach zehn Minuten öffnete mein Vater wieder die Augen. Er schaute uns genauso verwundert an wie zuvor. »Was macht ihr denn hier?«

»Wir besuchen dich. Du bist im Krankenhaus.« Frauke führte jetzt das Patientengespräch.

»Warum?«

»Du hattest einen Herzstillstand. Du bist gefallen. Erinnerst du dich?«

Er erinnerte sich an nichts. »Ich muss jetzt in die Schule. Die warten auf mich. Macht mich los.«

Meine Mutter versuchte, ihn zu beschwichtigen, aber sein Ton wurde bestimmender, aggressiv: »Kommt, macht mich los. Sofort. Die warten auf mich.«

Als er wieder eingeschlafen war, gingen wir alle in die Krankenhaus-Cafeteria und aßen Käsesahnetorte. Sie schmeckte nicht. Bevor Frauke und ich zurück nach Bochum fuhren, besuchten wir ihn noch einmal. »Was macht ihr denn hier?«, fragte er.

Zu Hause angekommen, fiel mir auf, dass ich zum ersten Mal seit Monaten fast kaum ans Kinderkriegen gedacht hatte. Ich hatte auch vergessen, dass der nächste Tag schon Gewissheit bringen würde, ob Sonja endlich schwanger war. Sie würde es telefonisch erfahren. Von der Praxis. Eigene Tests machte sie seit dem letzten Mal nicht mehr.

Ich war mir in diesem Moment ganz sicher, dass ich nur eines von beidem haben konnte: Entweder wird mein Vater wieder gesund oder Sonja wird schwanger. Wieso sollte das Schicksal diese beiden Ereignisse sonst so direkt hintereinandergelegt haben? Das Schicksal winkte mit dem Zaunpfahl, und ich verstand.

Am nächsten Morgen rief wieder meine Mutter an. Wieder ziemlich früh. Diesmal machte ich mir Sorgen. Aber sie hatte gute Nachrichten. Meinem Vater ging es besser, er gab auch keine seltsamen Laute mehr von sich. Sein Hirn schien langsam wieder zu arbeiten. »Wahrscheinlich kommt er heute noch von der Intensivstation runter«, sagte meine Mutter. Was für ein wunderschöner Satz.

Mehr durfte ich nicht erwarten. Mein Vater würde weiterleben. Sonja sagte ich natürlich nichts von meinem Entweder-oder-Gefühl.

Als ich nach dem Frühstück zur Arbeit aufbrach, versuchte ich so zu tun, als wäre dies ein ganz normaler Tag. Das heißt, ich versuchte mich so von Sonja zu verabschieden wie immer, ich vermied es, ihr allzu theatralisch Glück zu wünschen. Zu groß war meine Angst, dass ich damit ihre und meine Erwartung nur noch steigerte.

Den Tag über fühlte ich mich wie der VfL Bochum vor einem Auswärtsspiel beim FC Bayern oder wie die SPD in Bayern vor der Landtagswahl: Man weiß, dass man verliert, aber es ist nicht statthaft, das vor Bekanntgabe der Niederlage zuzugeben.

Sonja würde zwischen zwei und drei Uhr am Nachmittag vom Labor erfahren, ob sie schwanger war oder nicht. Ich hatte mir, obwohl ich das wusste, einen Termin mit dem Fahrraddezernenten und einem Typen vom ADFC, dem Fahrradverband, auf den frühen Nachmittag gelegt und Sonja damit einigermaßen verstimmt. Absagen konnte ich es nun nicht mehr.

Aber ich warnte die Radtypen vor: Ich würde einen wichtigen Anruf erwarten, den ich entgegennehmen müsse. Ich bot Kaffee und Schokoladenkekse an, die ich aus Nervosität zum Großteil alleine aß. Dazu trank ich mindestens drei

Tassen Kaffee, was sich unmittelbar auf meinen Puls und meine Blase auswirkte. Die beiden wollten ein Portal entwickeln für Radtouren um Bochum, mit GPS zum Downloaden und Leih-Tourenrädern, sie erzählten von »ungeahnten Potentialen« und einem »Wachstumsmarkt in der ökologischen Nische«. Ich schielte auf das Display meines Blackberrys.

Als die beiden fertig waren, schauten sie mich erwartungsvoll an.

Ich war jetzt an der Reihe, ich hätte sagen müssen, wie toll das alles ist, wen wir mit einbinden in die tolle Idee und welche noch viel tolleren Ideen mir »spontan und in die Tüte gesprochen« so einfallen. Stattdessen erzählte ich ihnen, wie gerne ich selbst Rad fahre, ich erzählte von der Saarschleife bei Orscholz, die ich schon als 13-Jähriger entlanggeradelt war, von einer Fahrt entlang der Mosel in Richtung Koblenz, dann weiter am Rhein entlang nach Mainz, als 15-Jähriger auf dem Weg zu meiner Oma. Sie schauten mich unsicher an, als wollten sie sagen: Sehr nett, Wegener, rührend, Ihre Geschichte, aber wo bleibt die Pointe? Und was hat das mit unserem Portal zu tun? Ich stellte mir dieselben beiden Fragen, als endlich mein Blackberry brummte. Ich stürmte auf den Flur.

»Und?«

»Ich komm nicht durch.«

»Wie, du kommst nicht durch?«

»Es ist dauerbesetzt.«

»Und warum rufst du mich dann an?«

»Um dir das zu sagen.«

»Ich bin in einem Termin.«

»Weiß ich.«

»Gut. Dann bis später.«

Ich ging wieder in mein Büro zurück und sagte, dass sei doch nicht der Anruf gewesen, ich müsse möglicherweise gleich noch mal rangehen. Die beiden schauten sich an. Das Telefon klingelte erneut. Sie nickten, mehr genervt als zustimmend.

»Schon wieder nicht durchgekommen?«, fragte ich Sonja.

»Doch.«

»Und?« Ich stand im Flur unseres Büros, und mein Herz schlug fest gegen meine Rippen.

»Mein HCG-Wert ist erhöht«, sagte Sonja. Dann Stille. Dann weinte sie.

Ich hatte von diesem Wert gehört, aber ich wusste nicht genau, was er bedeutete. Ist hoch gut? Oder ist niedrig gut? Wahrscheinlich hoch. Ich ahnte also, dass es eine eher gute Nachricht war, aber wie gut, das wusste ich nicht.

»Heißt das, dass du schwanger bist?«, fragte ich, weil ich jetzt etwas Konkretes brauchte. Und ich glaube, ich fragte es sehr laut, um gegen ihr Weinen anzukommen. Das Sekretariat hatte garantiert mitgehört. Mir doch egal.

»Es heißt, dass sich die Eizelle eingenistet hat. Aber man nennt das noch nicht schwanger.«

»Was denn dann?«

»Na ja, halbschwanger höchstens.«

Musste schwanger oder nicht schwanger nicht immer als Vergleich herhalten, dass es bei manchen Dingen nur ja oder nein, nur ganz oder gar nicht gab? Weil man eben nicht halbschwanger sein konnte? Aber Sonja war offenbar tatsächlich irgendwo dazwischen.

»Dürfen wir uns freuen?«, fragte ich vorsichtig.

»Ja, ein bisschen.«

Das Fahrradpaar hatte es danach ziemlich eilig und schlug vor, alles weitere per E-Mail zu besprechen. Es war mir sehr recht.

Ich fuhr augenblicklich nach Hause, Euphorie und Aufregung werden in meinem Büro eher als geschäftsschädigend eingestuft. Unterwegs pfiff ich eine kleine Melodie. Ich überlegte kurz, ob ich Sonja Blumen kaufen sollte, ließ es aber lieber bleiben. Nachher wurde halbschwanger am Ende doch noch zu nicht schwanger und die Tulpen stünden da als Mahnmal einer enttäuschten Hoffnung. Und außerdem: Welche Tulpen kauft man? Keine weißen, so wie bei Rosen? Ich hätte es bestimmt verbockt.

Also rannte ich ohne Blumen auf sie zu, hielt sie minutenlang in den Armen und sagte gar nichts. Weil ich den Moment genießen wollte und weil ich nicht wusste, was ich sagen sollte. Wie beglückwünscht man eine Frau mit erhöhtem HCG-Wert?

Ich weiß bis heute nicht, wofür HCG steht. Es klang eher nach Krankheit, ein bisschen wie TBC, und eigentlich hatte ich es mir anders vorgestellt, die Familie zu benachrichtigen. Ich fing bei Frauke an, und die fand es offenbar völlig normal, statt »Sonja ist schwanger« den Satz »Sonja hat einen erhöhten HCG-Wert« zu hören. Schwanger mit angezogener Handbremse also.

Meinen Vater rief ich einen Tag später an, da konnte er schon wieder telefonieren. Ihm sagte ich nichts von HCG, sondern nur, dass er vielleicht bald noch einmal Großvater werden würde. Er beachtete das »vielleicht« überhaupt nicht und jubelte laut. Vielleicht wollte er sicher sein, dass es die komplette Station für innere Medizin mitkriegt. Es war ein sehr guter Tag.

Wo war der Haken? Den gab es doch immer. Doch bestimmt erst recht bei uns. Nach der ganzen langen Geschichte. Ich brauchte dringend nähere Infos. Der Ultraschalltermin war erst in ewig weit entfernten zweieinhalb Wochen.

Am nächsten Tag las ich im Internet, dass das Risiko, dass Sonja das kleine Ding wieder verlieren könnte, bei zwanzig Prozent lag. Nur zwanzig Prozent. Das war, in Fußballwerte umgerechnet, bestimmt ein Zwei-Tore-Vorsprung in der achtzigsten Minute. Zum ersten Mal, seit ich zu diesem Thema googelte, war die Nachricht, die ich las, erfreulicher als erwartet.

Sonja war jetzt nicht mehr zu halten. Sie wollte den offiziellen Ultraschalltermin nicht abwarten. Eine Freundin, die als Gynäkologin im städtischen Krankenhaus arbeitete, bot ihr an, nach Feierabend das alte Ultraschallgerät dort zu nutzen. »Das ist zwar schon in die Jahre gekommen und macht nicht so schöne Bilder wie die Geräte von heute, funktioniert aber noch tadellos.« Ich wollte einwenden, ob es nicht sicherer wäre, zu warten. Ob von so einem Uraltgerät nicht eine Gefahr ausgehen könnte, ähnlich wie von alten Fotokopierern. Aber erstens war mir klar, dass ich

Sonja nicht mehr würde aufhalten können, zweitens war mein Expertenrat in technischen Dingen von zweifelhaftem Ruf, und drittens wollte ich ja selbst endlich Gewissheit.

Nach dem Abend bei der Gynäkologin kam Sonja mit einem schwarzweißen Zettel nach Hause, mit dem sie mir wild vor der Nase herumfuchtelte, ohne auch nur ein Wort zu sagen. Ich nahm ihn, konnte aber nichts erkennen. Ich kam mir vor wie früher, wenn ich durch ein Teleskop in den Himmel schaute und nichts, aber auch gar nichts entdeckte.

»Erkennst du es?«, fragte sie mich.

Nein, dachte ich, wo denn, was denn?

»Das hier sind die zwei Eizellen.« Sie deutete auf zwei etwas dunklere Flecken. »Sind die nicht süß?«

Ich fand: Ging so. Aber als Sonja in die Küche eilte, um »auf den Schreck« etwas zu trinken, redete ich heimlich mit dem Foto. »Meine Kinder!«

Zu diesem Zeitpunkt waren wir, wenn wir wirklich werdende Eltern waren, werdende Zwillingseltern. Wäre mir recht gewesen. Natürlich hätte jeder auf der Straße gedacht: Ach, schaut, noch ein künstlicher Erzeuger. Aber es wussten ja eh schon ganz Bochum und das halbe Saarland Bescheid.

Aus dem Haus kamen die ersten Gratulationen. Unser Badezimmereimer war wieder voll mit Schwangerschaftstests, diesmal positiven. Meinem Vater ging es von Tag zu Tag besser.

Sonja und Mark trafen sich manchmal zum Mittagessen, was ich mehr und mehr okay fand. Sonja und ich hatten jetzt gar keinen Sex mehr, was sie nicht okay fand. Jörg sagte ich nichts.

Als wir zwei Wochen später den offiziellen Ultraschalltermin hatten – ich schreibe »wir«, weil ich ja immerhin dabeisaß –, war einer der beiden schwarzen Punkte verschwunden. Die Ärztin ließ uns keine Zeit, darüber traurig zu sein. »Eines hat sich eingenistet. Sie sind schwanger. Das Herzchen schlägt. Alles tipptopp. Herzlichen Glückwunsch.«

»Tipptopp« gefiel mir. Und wie mir »Tipptopp« gefiel. Ich fand gar keine Worte dafür. Ich konnte nur einfach nicht mehr aufhören zu grinsen. Wir hatten es geschafft.

In den nächsten Wochen fühlte ich mich von Tag zu Tag entspannter. Ich machte mich in meinem alten Leben breit, ging wieder ins Stadion, traf mich mit Mark, ölte die Ketten meiner sämtlichen Fahrräder, fettete sämtliche Schrauben und fühlte bei alldem eine große Ruhe. Dazu kam Vorfreude, die immer seltener von der Sorge durchsetzt war, es könnte doch noch irgendwas schiefgehen. Es war endlich so bei uns wie bei anderen Leuten, die Kinder kriegen.

Sonja kaufte sich einen dritten Fernseher, den sie im Schlafzimmer installierte, und einen Kopfhörer dazu, damit sie nachts, wenn ich schlief und sie nicht, Talkshows sehen konnte. Die Hormone aus dem Badezimmerschrank verschwanden, dafür gehörten bald Folsäure und Jeans mit Gummizug zu unserem Hausstand. Wir hatten immer noch keinen Sex, aber mein immerhin kampfwilliger Freund und Helfer hatte in den zurückliegenden vierzehn Monaten so gelitten, dass ich ihm gerne ein bisschen Ruhe gönnte. Sonja ertrug es stoisch, vielleicht war sie auch froh, eine

Weile nicht über mein Gemächt und was da rauskam nachdenken zu müssen.

Als die Frauenärztin uns schließlich eröffnete, dass es ein Mädchen wird, sagte ich: »Ich bin dafür, dass wir es trotzdem behalten.«

Die Ärztin fragte, ob sie sich verhört habe. Ich sagte, das sei natürlich nur ein Spaß gewesen, und lachte zum Beweis ein wenig nach. Die Ärztin ließ mich wissen, dass sie die Untersuchung gerne ohne mich weiterführen wolle. »Ihre Anwesenheit ist hier nicht mehr erforderlich«, sagte sie. Ich blieb sitzen. »Sie verstehen mich doch? Sie können gehen.«

Ich stand auf und ging aus dem Zimmer. Ich saß, wahrscheinlich mit hochrotem Kopf, draußen im Flur. Die Schwestern tuschelten und schauten in meine Richtung, was mir gar nicht gefiel. Ich hätte wetten können, dass die eine der anderen zuflüsterte: »Da, das ist der Typ. Unglaublich, wie man mit solchen Spermien noch so 'ne Klappe haben kann.«

Sonja war nicht nachtragend. Ich hatte ihr für die nächsten dreihundert Frauenabende eine klasse Geschichte beschert.

So ist er eben. Das hat man nun davon.

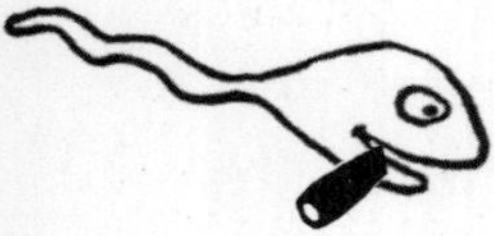

Epilog

Unsere Tochter ist gesund auf die Welt gekommen.

Bilder aus dem Krankenhaus habe ich tatsächlich nicht rumgeschickt, auch wenn es mich gereizt hätte.

Ich habe dieses Buch geschrieben, weil ich wollte, dass Männer, die das gleiche Problem haben, wissen: Sie sind nicht allein. Ungefähr jeder fünfte Mann über dreißig hat das Problem, so genau weiß man es nicht, weil es keine Reihenuntersuchungen gibt in Deutschland. Sicher ist nur, das zeigen alle Untersuchungen aus anderen Ländern: Es werden jedes Jahr mehr. Das Buch soll auch all die Männer ermuntern, die sich noch nicht trauen, zum Arzt zu gehen. Ich kann nur sagen: Beeilt euch, eure Spermien werden mit der Zeit nicht besser. Und vielleicht ist das Buch auch für die Frauen dieser Männer interessant – von ihren Männern selbst hören sie möglicherweise ja nicht so viel.

Vielleicht liest die Geschichte ja auch einer der bei meinem Vater so unbeliebten Gesundheitspolitiker. Vielleicht stellt der ja das Gesetz zur Diskussion, dass nur Ehepaare von der Krankenkasse Geld bekommen.

Das Buch ist meine wahre Geschichte. Sie ist mir passiert. Aber es ist natürlich nur meine Wahrheit. Und ich habe viele Details und alle Namen verändert, um niemanden bloßzustellen. Nur für den Fall, dass sich jemand erkannt fühlen sollte, den ich nicht meinte: Jede Ähnlichkeit wäre rein zufällig.

Auch Felix Wegener ist nicht mein echter Name. Warum? Dass noch mehr Leute wissen, wie es bei Sonja und mir gelaufen ist, hätten wir vielleicht noch ausgehalten. Entscheidend war: Wir wollen nicht, dass unsere Tochter später von jedem Dahergelaufenen mit ein paar Google-Recherchen (wenn Google dann noch Google heißt) als Retortenkind identifiziert werden kann. Vielleicht würde es ihr nichts ausmachen. Aber ich kann sie zurzeit noch nicht fragen.

Mein Vater ist sehr glücklich mit der Kleinen. Wobei er zugibt, dass Enkelkinder erst mit drei so richtig spannend werden, wenn sie reden können. Meine Mutter sieht das etwas anders.

Mark ist tatsächlich ein drittes Mal Vater geworden, einen Monat bevor ich es zum ersten Mal wurde. Angelika hat also keine Agentur gegründet.

Jörg und Tanja bekamen ein halbes Jahr nach uns ein Kind. Die fünfte künstliche Befruchtung war erfolgreich. Es hat lange gedauert, bis ich mich traute, Jörg von Sonjas Schwangerschaft zu berichten – damals war Tanja noch nicht schwanger. Jörg hat sich wirklich für mich gefreut. Er sagte: »Du wirst ein guter Vater.«

Ich bin mir nicht so sicher, ob er recht hatte. Sonja verzweifelt jedenfalls regelmäßig an meinen Qualitäten. Ein paar Wochen nach der Geburt sagte sie: »Wenn du mit unserer Tochter alleine bist, weiß ich: Sie verhungert nicht. Aber für mehr kannst du nicht garantieren.«

Trotzdem hat mir Sonja neulich, kurz bevor sie einschlief, ins Ohr geflüstert, dass sie noch mehr Kinder will. Am liebsten auf natürlichem Wege, hat sie hinterhergeflüstert.

Dank

An Matthias Stolz, der mir geholfen hat, das Buch zu schreiben. An Isabel Canet für ihre Stilkritik, an Usho Enzinger für ihre Humorkritik, an Daniel Oertel und Lothar Strüh für ihr Lektorat. An Marko Jacob. An meine Frau, meine Schwestern, an Cordula, Tanja, Andreas, Michel, Claudi, André, Susi, Roger, Gregor, Dirk und meine Eltern.